Köln, den 10.10.22

verlag duotincta

Für

Kornelia Becker

unbekannterweise

herzlich

Bernd Lüttgerding

Über den Autor

Bernd Lüttgerding, geboren 1973 in Peine, ist Autor und nebenbei auch bildender Künstler. Seit 2008 lebt er in Belgien. Er studierte Philosophie, Geschichte und Religionswissenschaft und finanzierte sich bis vor kurzem mit der Arbeit als Gärtner, als Assistent von Antiquaren und Künstlern sowie als Techniker in einem Museum. Zwei Gedichtbände, »Stäubungen« und »Der rote Fuchs«, erschienen bei der parasitenpresse, Köln. Außerdem veröffentlicht er Gedichte, Erzählungen und Essays in Zeitschriften und Anthologien. Seit 2019 lebt er in der Künstlerresidenz Studiogarden Verrewinkel, Brüssel.

www.berndluettgerding.blogspot.com/

Bernd Lüttgerding

# GESANG VOR TÜREN

Roman

Dies ist ein Roman. Die Handlung und die Figuren der Geschichte entsprangen der Vorstellungskraft des Autors. Demzufolge wären Ähnlichkeiten mit lebenden oder toten Personen rein zufällig und nicht beabsichtigt. Von den Figuren zum Ausdruck gebrachte Meinungen spiegeln nicht zwangsläufig die Meinungen des Autors wider.

Erste Auflage 2020
Copyright © 2020 Verlag duotincta, Berlin
Alle Rechte vorbehalten.
Lektorat: Verlag duotincta | Ansgar Köb, Lohmar
Korrektorat: Carolin Radscheit, Berlin
Satz, Typographie und Einband: Verlag duotincta | Jürgen Volk, Berlin
Coverabbildung: Bernd Lüttgerding
Vignette: Vorlage aus pixabay.com
Printed in Germany
ISBN 978-3-946086-58-1

Bücher haben **einen** Preis! In Deutschland und Österreich gilt die Buchpreisbindung, was für Dich als LeserIn viele Vorteile hat. Mehr Informationen am Ende des Buches und unter www.duotincta.de/kulturgut-buch

# GESANG VOR TÜREN

# I

Etwas nahte wie Unheil, als gewöhnlicher blinder Fleck.

An der rissigen, im Innern finsteren Wolkenlandschaft, die hinter den Dächern aufschwoll, zwängte sich ein Lichtfeld vorbei und strich über den Bahnhofsvorplatz. Der Zopf einer Frau erglänzte, als sie einen Buckel machte, den linken Fuß hob und in ein Taxi stieg.

Noch eben hatte es ein paar Tropfen geregnet. Vor dem Eiscremestand war keine Warteschlange. Im Halbschatten neben den drei Eingängen des Hauptbahnhofs, vor denen Mitglieder einer Reisegruppe die Gänsehaut auf ihren Oberarmen verglichen, löste sich etwas, eine unheilvoll nahende Bewegung, überspielt von den ein und aus strebenden Schemen, Rucksäcken, Koffern und dem flatternden Hemd von jemandem, der auf den Bahnhofseingang zusprintete, aufrecht, ausgreifend, wie ein rennender Vogel Strauß.

Zwischen den Betonsteinplatten zerfloss eine aus der Waffel gefallene Eiskugel und machte als Kontrastmittel das Fugenraster augenfällig, über das die Sonnenstrahlen vom Horizont des weiterschwebenden Wolkenlandes gelenkt wurden. Ein sommersprossiger Soldat zupfte an seinem Nasenflügel, ein Nadelstreifenanzug mit Aktenköfferchen wollte dem Gedränge zuvorkommen, das am Nachmittag herrschen würde; der, an die Einfassungsmauer der U-Bahn-Rolltreppe hingelagerte Bettler richtete zwischen zusammengelegten Handflächen seine Irokesenfrisur, während sein Hund den Ausschreitungen zweier gestiefelter Mädchen nachsah, und was sich da hinten gelöst hatte, änderte in sanftem Bogen seinen Kurs; es nahte, unscharf und klanglos.

Durch die feuchte Luft unter den Platanen säuselte kokosimitierender Sonnenmilchgeruch, und ein Motorroller wurde angelassen, als das Etwas, die ausgeblendete Stelle, die näherkommend zu einem dunkelblauen Blouson auf dünnen Beinen unter roter Schirmmütze wurde, mit den Armen ruderte und mit einer mageren, ans Rufen nicht gewöhnten Stimme »Hey! – Stefan! – Hallo! – Hallo Stefan! – Na, sag mal, du siehst ja wohl auch keinen!« rief.

Stefan lächelte erschrocken und tat so, als würde er Carsten Löhr erst nach nochmaligem Hinsehen erkennen, denn einerseits war Carsten eine erfolgsverwöhnte Nervensäge und gar kein richtiger Freund, andererseits könnte es vielleicht angesichts des angespannten Magenkribbelns guttun, ein bisschen mit irgendwem zu sprechen.

»Ach, hallo, Carsten! Wir haben uns ja lange nicht gesehen. Ich dachte, du wohnst jetzt in London.«

Zur Begrüßung bekam er nur Carstens Zeige- und Mittelfinger hingestreckt, die seine Hand mit nichts als einem weichlichen Gefühl von Unvollständigkeit erfüllten. Carsten Löhr – meine Güte. Wie lang ist es her, seit mir die letzte Begegnung mit ihm zu vermeiden misslang? – nölte mit seiner hellen, ein bisschen krächzenden Stimme:

»Ja, nö, London hat sich erstmal erledigt, irgendwie. Ich hab da ja noch angefangen am *LCC* Film zu studieren, aber das ...«, er blies die linke Backe auf, flatulierte seitlich zwischen den Lippen hervor und winkte ab, »das war nichts. – Was? *Äl, si-si*? Na, *London College of Communication*. Ich bin da aber echt mehr der Theoretiker, hab ich festgestellt. Realisieren ist immer schwierig, man ist abhängig von tausend Leuten«, er rollte mit den Augen, hin über die tausend Leute auf dem Bahnhofsvorplatz, »und überhaupt steht da dauernd das Geld-Ding so im Vordergrund ... Jetzt bin ich in Mainz, das ist viel besser. Hab meine Eltern hier besucht.« Er schlenkerte sein Handgelenk zwischen sich und Stefan, um nach einem Blick auf seine massige Armbanduhr anfügen zu können:

»In, äh, zweieinhalb Stunden geht mein Zug zurück.«

Stefan knibbelte mit den Fingernägeln an einer Naht seiner Umhängetasche, die ihm gerade wieder den beklemmenden Eindruck suggerierte, er sei ein Sitzengebliebener, der mit annähernd zweiunddreißig Jahren immer noch zur Schule geht, während andere schon in bequemen, professionell ausgetretenen Stiefeln die Wonnen und Widrigkeiten der Wirklichkeit durchwandern.

»Film ...« – na los, da antworte jetzt mal was drauf! –, »das klingt ja interessant ...«

Stefans Blick trudelte weg von Carstens Milchpuddinggesicht und zu seinem T-Shirt, das sich, in die Hose gesteckt, über einer kleinen wabbeligen Plauze spannte, betont noch durch die Gürtelschnalle in Form eines keltischen Schildbuckels.

»Aber was Filme betrifft, bin ich überhaupt nicht auf dem Laufenden. Inzwischen habe ich sogar meinen Fernseher abgeschafft, um mich ganz und gar auf diese dämliche Promotion konzentrieren zu können.«

»Echt?«, staunte Carsten. Ein verständnisloses Schmunzeln hellte seine drömmelige Miene auf: »Das hätte ich mir ja dreimal überlegt. Und das finde ich auch ziemlich abgedreht, muss ich sagen. Aber, hier ... wir haben uns jetzt *so* lange nicht gesehn, und ich würd ja gerne einen Kaffee mit dir trinken, aber ich muss noch eben in die Südstadt, ein paar Filme abholen; wenn ich da nicht hinterher bin, krieg ich die nie wieder.« Dann schob er einer ziemlich ungekonnten Kunstpause hinterher: »Aber komm doch eben mit! Wir nehmen die Stadtbahn, das geht ruckzuck und dann, äh ... können wir 'n bisschen reden, ja?«

Stefan machte nur das kehlig-kurze »O...«, das zu einem »Och, nö, ich muss meinen Zug erreichen, muss dringend nach Hause, habe zu tun, oder vielmehr so einen Druck im Kopf, fühle mich weichgeklopft, bin verwirrt und anfechtbar und brauche den Schutz meiner Bettdecke...«, hätte gehören sollen. Doch Carsten hatte so großen Gefallen an seiner Idee, dass er alles, was nach dem »O...« angedacht war, mit Gequengel abschnitt:

»Na los! Nun komm schon eben mit!«

»Ich-ä ... ha-hatt-ö ...«, angewidert musste Stefan sich die Stücke seiner Sprache, die es ihm verschlagen hatte, erst wieder zusammensuchen, »öh ... grade mal wieder eine Vorbesprechung mit meinem werdenden Doktorvater. Eigentlich müsste ich noch in die Bibliothek und mir den Kram heraussuchen, mit dem ich mich jetzt befassen soll, aber ich glaube, das verschiebe ich auf morgen. Eigentlich möchte ich jetzt am liebsten einfach nur nach Hause.«

»Los, Mensch, bitte, wir haben uns jetzt so lange nicht gesehen! Ich muss doch nur kurz die Filme abholen, und wir können uns in der Bahn in Ruhe unterhalten, ... ja? Das lenkt dich ab! Erzähl doch mal, wie stehts denn mit deiner Promotion? Guck mal, da kommt schon eine Zwei die können wir nehmen!«

Die Stadtbahn der Linie 2 schlängelte sich unter den Platanen hervor auf den Bahnhofsvorplatz, bunt, unter Nichtachtung der Fenster beklebt mit riesigen Lachgesichtern, die, umrahmt von einem Dattelpalmenblatt und einem Cocktailschirmchen, uns den Rat geben, Urlaub zu machen, Normzähne zu blecken und Cocktails zu mögen. Die Türen klappten auf, sie mussten einem, ihnen entgegenrollenden Kinderwagen Platz machen. Die Waden der Frau, die ihn schob, waren mit chinesischen Schriftzeichen tätowiert.

Dann gab Carsten Stefan den Vortritt, als wolle er sichergehen, dass der es sich nicht noch anders überlegt und plötzlich wegrennt. Wie ein Häftling auf Reisen und verlegen, weil er sich hatte übertölpeln lassen, eine Hand an der Stange, duckte Stefan sich ruckartig, als eine herabbaumelnde Griffschlaufe ihn am Oberkopf kitzelte, und wurde zwischen die Sitzreihen geschoben. Eigenartig, aus Trotz gebe ich nach, weil ich es für unter meiner Würde halte, mich gegen solche Unverfrorenheit zur Wehr zu setzen.

Carsten dirigierte ihn auf den Fensterplatz in einen schon halb besetzten Vierersitz, von dem es kein Entkommen gab, und quetschte sich neben ihn, so dass Stefan nicht nur von Carstens Schulter, sondern auch von dem, bei jeder Bewegungen aus seinem karierten Sommerblouson gepumpten Geruch, einem empörend verführerischen Eau de Toilette, gegen das Fenster gedrängt wurde. Man konnte es nicht in seine Schranken weisen, war ihm ausgeliefert und starrte all diese, einander möglichst zu vermeiden suchenden, von unterschiedlichen Hosenstoffen überspannten Knie an. Wüstensandfarben und bügelfaltig waren die zwei Paar gegenüber. »Gleich wirds leerer«, hatte Carsten ihm zugemurmelt und schwieg jetzt in Erwartung der Leere.

Hinter dem, durch die halbdurchsichtige Dattelblatt- und Cocktailschirmbeklebung beeinträchtigten Fenster – als Kind auf dem Schulweg hatte mir aus einem der elliptischen Fensterschlitze des Gefängnisbusses, der da gelegentlich morgens früh vorbeifuhr, einmal zwischen Zotteln und Bart ein Auge zugezwinkert ... – ruckelte, sirrte, schwebte Junilicht, unterbrochen von Mauerschatten und Straßenecken, gebrochen an den, zu einem schiefen, aber gerade noch nicht stürzenden Bauklotzturm aufgeschichteten Glasstockwerken einer Bank. Schaufenster, Ladenschilder, Arkaden flirrten vorbei, das satte Laub hinter Masten und vor finstern Wolkenflatschen auf der Azuritgrundierung. Der Wolken wegen hatte Stefan seine dünne olivgraue Baumwolljacke mitgenommen, die jeder Sonnenstrahl lästig überm Arm und auf der Schulter machte. Jetzt hing sie zu warm über seinem Knie; sein Hemd klebte unter den Achseln, und seine Hose zwickte etwas in den Leisten. Und schon verlangsamte die Bahn sich wieder. Tatsächlich stiegen mehr Leute aus als ein; auch die beiden mürrischen Gegenübersitzer schlurtschten auf schwarzhaarigen Flip-Flop-Füßen zum Ausgang. Carsten aber wuchtete sich ächzend auf den frei gewordenen zweiten Fenstersitz:

»Puh, endlich! Im Gedränge redet es sich ja immer nicht so ungezwungen. Find ich aber echt gut, dass du mitkommst, ich meine, ich hätte auch lieber irgendwo einen Kaffee getrunken, aber ... wie gesagt, meine Filme ..., das ist mir schon wichtig, irgendwie.«

Auf seiner altroten Baseballmütze prangte ein *D*, geformt aus einer stilisierten, blauen Klapperschlange; das konnte man erdeuten, weil ihre Schwanzspitze tatsächlich in Klapperwirbeln auslief.

Und summend, ein Wespenchor, fuhr die Stadtbahn wieder an.

Stefan stellte sich vor, wie Carsten irgend jemandem erst Filme aufgeschwatzt hatte, um ihm dann mit dem Wiederhabenwollen lästig zu fallen; wie eine zarthäutige Raupe spann er sich ein in seine Verachtung, bis ihm wohlig wurde in diesem Kokon, und er seinen Peiniger beschwichtigen konnte:

»Och, ich hab ja eigentlich auch grade Zeit; und in der Südstadt, muss ich sagen, war ich, glaube ich, noch nie. Vorhin habe ich innerlich ein bisschen gekocht, als ich von dem Termin bei meinem Doktorvater gekommen bin, aber ... so ist es bestimmt besser, dann gehe ich nachher doch noch in die Bibliothek, dann ist das auch getan ...«

Einige Sitze entfernt räusperte sich unsichtbar jemand und zauste eine Zeitung, aus Kopfhörern zirpten die Obertöne einer Musik, ein Mobiltelefon brummte, und Carsten presste seine Lippen missfällig zu einer vorgestülpten Doppelwurst. Stefan dachte zunächst, das bezöge sich auf den Hintergrundlärm, musste sich dann aber fragen lassen: »Was willst du eigentlich in der Bibliothek? Die meisten Sachen findet man doch inzwischen online«, und musste abwiegeln: »Aber nie das, was ich brauche,« und in seinem Kokon, in ihm, inwendig kondensierte Wut. Er betrachtete den sorgfältig zurechtgestutzten Bartstreifen, der die Flucht von Carstens Kinn kaschierte und im Widerspruch zu den bleichen Pöterwangen stand. Ein Ring pendelte an seinem Ohr. Neben seinem Adamsapfel hatte ein einsames Barthaar schon mehrere Rasuren länger werdend überstanden. Und von dieser Kreatur musstest du dich einwickeln lassen.

Carsten ließ davon ab, den Stahlreifen auf seinem Daumen zu drehen, hob die Augen und fuhr fort:

»Dann erzähl doch mal. Was ist denn jetzt mit deiner Promotion?«

»Ach ..., mit der hab ich noch gar nicht richtig angefangen. Es fällt mir schon schwer, mich mit mir selbst auf ein Thema zu einigen; und dann hab ich auch noch den Ölpenauer-Schmitz als Doktorvater, der mir mit seinen Vorstellungen dazwischenfunkt.«

»Den kenn ich doch auch noch, das ist doch dieser Schlaksige, so ein Opa, der hat doch immer einen ganz netten, harmlosen Eindruck gemacht, fand ich.«

»Ja, anfangs dachte ich das auch. Und natürlich ist er vordergründig nett, aber das ist nur die Maske eines ziemlich zermürbenden Charakters: Immer dieses fistelige ›von Haus aus bin ich ja Theologe‹«, äffte Stefan mit abgespreizter Unterlippe und zwischen den Schneidezähnen glänzender Zungenspitze nach, während ihm der Geruch der Universitätsgänge wieder in die Nase stieg. Aschfarbener Teppichboden, in dem Neonröhrenlicht versickerte. Ein Tisch voller Prospekte, die luftballon- und eiffelturmgespickte Informationen über Spracherwerb, Auslandsaufenthalt, Berufsfindung, Adrenalinsprudeln und dissoziative Bauchschmerzen boten, war in dem kahlen Gang das einzige, was der grauen Tür gegenüberstand, an der zwei Studentinnen auf donnernden Absätzen vorbei plapperten und durch den Brandschutzdurchgang im Foyer verschwanden. Neben der Tür war das plexiverglaste Namensschild *Prof. Dr. theol. Dr. phil. Ingo Ölpenauer-Schmitz* angebracht. An der Tür, recht tief, unterhalb eines Plakates, das eine Aufführung kammermusikalischer Werke von Krzysztof Penderecki und Jan Jargoń für einen Novemberabend vor mehr als vier Jahren ankündigte, hing eine Liste, in die man sich für einen Termin eintragen konnte. Stefan hatte den seinen allerdings telefonisch vereinbart, vergewisserte sich viermal, vor der Tür mit dem rechten Namensschild zu warten, versuchte flüsternd, den Namen Krzysztof auszusprechen und lauschte auf das Gemurmel, das durch die Tür drang.

Und als er Carsten erklärte:

»Weißt du, ich hatte den Eindruck, alles, was mich reizt, wäre entweder zu abgegrast oder zu abseitig; und Ölpenauer-Schmitz hat immer gemäkelt, es wäre kokett, über einen vergessenen Autor zu schreiben; er wollte ›Relevanz für die Gegenwart‹«, gor in seinem Kopf noch das heillos missratene Gespräch mit dem Professor, dessen Stimme auch nach achtzehn Minuten weiter so gleichbleibend leise hinter der Tür rumort hatte, dass, als sie geöffnet wurde, Stefan für einen Augenblick zu halluzinieren meinte. Durch den Türspalt zwängte sich ein kurzbärtiger Bursche, die langen, zu Würsten verfilzten Haare in einem Kopftuchstreifen gebündelt, barfuß in ausgelatschten, von weiten Hosensäumen umschlackerten Ledersandalen. Aber er glänzte unter den Augen, sah zu Boden und drängte sich an Stefan vorbei.

»Ah, äh-Sie ...!«, hatte Professor Doktor Doktor Ölpenauer-Schmitz ihm säuerlich grinsend von seinem Schreibtisch aus zugerufen. Reflexe des Computerbildschirms verschleierten die Brillengläser, die seine Schillernase flankierten, und er vollführte, in seinen Bürosessel gesackt, zur Begrüßung mit langem Arm im Sakkoärmel die ungelenke Geste eines flugunfähigen Vogels. Dann drückte er, noch aus demselben gestischen Schwung heraus, seinen zementgrauen Scheitel fest und nutzte die Zeit, die Stefans Lagebericht in

Anspruch nahm, dazu, mit einem Löffelchen seinen Joghurtbecher auszukratzen.

»Also«, schmatzte er und zog den Löffel aus seinem Mund, »verstehe ich Sie richtig? Von Ihrem Johann Gottlob Krüger sind Sie jetzt wieder abgekommen, ja?«

»Also ... ich muss sagen ... ja. Sie hatten mir ja geraten, mich mit dem zu befassen und zu prüfen, ob das, worauf ich hinauswill, da überhaupt herauskommen kann.«

»Ich habe«, erklärte Stefan jetzt, »mich durch die ganzen 604 Seiten der Krüger'schen *Träume* gequält«, worauf Carsten das halbe, halbgläubige Lächeln machte, mit dem er gern auf Bekenntnisse äußerster Dummheit reagierte, »und gehofft, es würde sich dabei etwas Promotionstaugliches in mir kristallisieren: *Johann Gottlob Krügers ›Träume‹ zwischen antiker...*« – Carstens Zuhörgesicht war eine Judomatte, auf der eine lustlose Konzentration mit einer ganzen Rotte – »*... oder vielleicht nur barocker Tradition ...*« – lässiger, kaugummikauender – »*... der Traumallegorie, zwischen den ›Gesichten Phi...*« – Gründe, nicht weiter zuzuhören, rang – »*-landers von Sittenwald‹ und den Anfängen wissenschaftlicher Traumpsychologie*« – ... rang und nach kurzem Kampf erlag – »*Oder: Unwohnliche Wirklichkeiten. Die Entdeckung des Traums als ›Verfremdungseffekt‹*« – so, wie sie zuvor auch auf dem Professorengesicht erlegen war. Nur hatte der Professor sich leichter aus seiner plötzlich aufgekommenen Müdigkeit heraushelfen können, indem er hingebungsvoll den Flachbildschirm fixierte und mit der Computermaus zu klickern begann, während Stefan stammelte:

»Und ... ich hatte gedacht, damit, also mit Krügers *Träumen* könnte ich in einem gewissen Sinne anknüpfen an die *Traumpoetiken der Romantik*, über die ich ja wie gesagt meine Magisterarbeit geschrieben habe. Aber stattdessen kommt es mir vor, als müsste ich mich dafür eingehend mit der Frühaufklärung befassen und mit ganzheitlicher Medizin und ... Physikotheologie. Und das liegt mir alles ziemlich fern ... Das ist ... so weit weg von meinen Interessensgebieten ... Da frage ich mich, ob das nicht unterm Strich eher kontraproduktiv wäre ...«

»Aber irgendwann, sehen Sie«, Ölpenauer-Schmitz rollte auf seinem Bürostuhl etwas nach rechts, zog hinter seiner Brille die Brauen hoch, aus denen einzelne, lange Haare kringelig herausstanden, und seine Stirnfalten ähnelten von grobschlächtiger Grundschülerhand gemalten Möwen. Im Bücherregal hinter ihm flötete eine kleine Uhr, »irgendwann muss sich da auch mal eine Linie abzeichnen in Ihrer wissenschaftlichen Arbeit. Und die sehe ich bislang noch nicht. Sie müssen jetzt beizeiten aufpassen, dass Sie nicht mit Ihren privaten Vorlieben ins Schleudern kommen. Sowas geht nämlich ganz schnell, und dann haben Sie schlechte Karten! Nun erzählen Sie mal, was-äh ... was schwebt Ihnen denn jetzt vor?«

Stefans Atem vollzog zunächst einige aufwendige Rhythmuswechsel, die ihm den Gesichtsausdruck eines nach dem Teich lechzenden Moderlieschens in Anglerhand verliehen; er starrte die Kabel im Nacken des Flachbildschirms an, die Rückseite eines mit ausgeklapptem Ständer auf dem Schreibtisch stehenden Bilderrahmens; von dort sprang sein Blick zu der großen, fettigen Professorennase, und er riss sich zusammen:

»... am Lieb... sten möchte ich ... vorf-ü... öm ... untersuchen, wie ... Ich fühle mich ja besonders der Literatur des neunzehnten Jahrhunderts verbunden und ... also ... alles, was da ... Das finde ich so außerordentlich interessant, wie gerade dadurch, dass die überkommenen Strukturen aufgeweicht sind und auch der Wirklichkeitsbegriff immer durchlässiger wurde ... Ich meine, geträumt haben die Menschen ja schon immer, aber plötzlich hat man da ein Potential für die dichterische Wirklichkeit gesehen, eine Wirklichkeit, die so ungefiltert betrachtet werden kann, wie Träume geträumt werden, und von der dadurch die Schleier des Vertrauten weggewischt sind ... Das fing ja schon bei Tieck an und bei Zschokke ... Es ging ja nicht nur darum, einen Zauber oder sowas zu retten, sondern man brauchte Distanz zu der Wirklichkeit, die fragwürdig und, öm, vielleicht unwohnlich geworden war ... Als hätte man plötzlich geahnt, dass man auf nichts in der Welt vertrauen könne, dass also Träume größeres Recht auf Beachtung verdienten, weil sie nicht weniger verlässlich waren, als das im Wachen wahrgenommene ... äh, deutungslose Zeichen, für die man höchstens seine Aufmerksamkeit schärfen, oder ... äh, ich krieg es noch nicht richtig in Worte gefasst, da gibt es so einen blinden Fleck, den ich gerne ...«

Carsten gegenüber sprach er gefasster und fasste sich kürzer:

»Ehrlich gesagt wird mir schwindelig, wenn ich darüber nachdenke, über was alles ich dissertieren könnte. Alles was ich liebe, strömt vor mir zusammen, verliert seine Konturen und winkt mir zu.«

»Hm-hm, hm-hm ...«, klicki-klickte der Professor mit vibrierendem Zeigefinger an seiner Maus, verzog seinen Mund zu einem Also und hüstelte ungerührt. »Ich muss sagen, das klingt alles noch sehr unausgereift. Sie sollten sich ein bisschen beschränken und dafür mehr in die Tiefe gehen. Die

Grenzen sind das A und O einer guten Dissertation. Also schön. Ich hätte naheliegend gefunden, dass Sie sich was zu Novalis überlegen, aber das haben Sie ja nicht gewollt ... Dann-öh ... dann ... Gut, dann komme ich Ihnen«, er kniff die Lippen zusammen, als müsse er sich zur Gutwilligkeit erst durchringen, »mit noch einem Vorschlag entgegen, der Ihren Vorlieben näherkommen sollte, aber konkreter ist, ein bisschen handfester, denn wir wollen ja nicht, dass sie sich heillos verzetteln. Sie kennen sicher den Franz von Sonnenberg, der ist ja so eine Schwellengestalt am Rande Ihres 19. Jahrhunderts. Gucken Sie sich mal vor allem den *Donatoa* vom Sonnenberg an. Ich komme da grade drauf, weil ich eine umfangreiche Arbeit über Weltuntergangsphantasien von der beginnenden Industrialisierung bis zur Jahrtausendwende plane, und da könnte ...«

(Wo fahren wir hier bloß hin? Das ist schon nicht mehr Südstadt, sondern tiefstes Thedingen, das wirkt zwar noch städtisch, vier- bis fünfstöckig beidseits der weiten, stadtauswärtigen Hauptstraße, ist aber schon mit den Makeln der Peripherie behaftet, mit Baumärkten, Speditionen und majuskulösen Grossisten.)

Dr. Dr. Ölpenauer-Schmitz drohte den Faden zu verlieren. Stefan sah auch nicht, was er da am Computer herumklickte.

»... da könnte das ... äh ... passen. Der *Donatoa*, das ist ein Weltuntergangsepos, das verhandelt einen ungewöhnlichen Katholizismus, das ist interessant, da werden Sie Freude dran haben. Und wenn Sie dazu etwas leisten würden, das würde mir gewissermaßen ... entgegenkommen. Das wäre mir nicht unangenehm. *Donatoa* ...! In meinem Elternhaus, in Münster, da stand die vierbändige Ausgabe ... Sie wollten doch was Abseitiges machen. Kümmern Sie sich da mal drum. Wagen

Sie mal was, machen Sie mal was, was keiner macht!«

»Ein katholisches Versepos?!«, platzte Carsten heraus, stolz, dass er gut genug zugehört hatte, um diesen Einwand machen zu können. »Wo ist denn da bitteschön die *Relevanz für die Gegenwart?*«

»Das hätte ich auch gern gefragt, wenn der Ölpenauer es nicht selbst nachgeschoben hätte: ›Nehmen Sie uns bei der Hand und belehren Sie uns darüber, warum der Sonnenberg noch heute als wichtiges Bindeglied einer Zeitenwende gelesen zu werden verdiente! Wenn Sie das, alles schön aufgebaut, Einflüsse, Bildung, na ja, die gedanklichen und zeitgeistigen Hintergründe …, wenn Sie das – ähh … machen…; der Sonnenberg, der ist ja nicht alt geworden, das ist ja erstmal alles überschaubar … und dann eine zünftige Analyse des *Donatoa* … Aber bitte mit einer ausführlichen Herausarbeitung der eschatologischen Aspekte, des Weltuntergangsgedankens, da würde ich großen Wert drauf legen.‹ Na, und weil mich zusätzlich verunsichert, dass man ja nicht über etwas arbeiten soll, was man liebt, hat es der Ölpenauer-Schmitz noch umso leichter, an mir rumzumanipulieren. Denn man läuft ja immer Gefahr, dass sich die Liebe an der Wissenschaft zersetzt. Den Fehler habe ich schon bei meiner Magisterarbeit gemacht …«, konnte Stefan grade noch jammern, eh Carsten sagte: »So, hier müssen wir raus!«

Als die Bahn anhielt – »… wenn man nämlich über etwas schreibt, was man liebt, schreibt man wie ein Verliebter, stammelt Unsinn, hat sich nicht unter Kontrolle und keinen Überblick …« –, waren ihre Fensterscheiben bereits diagonal von ersten Regentropfen gestreift, und Carsten hörte nicht mehr zu, sondern preschte los, mit beidhändig gegen seinen Hinterkopf gepresstem Kragen. Alle Aussteigenden huschten durch den schnell stärker werdenden Regen und drängten ihre miesepetrigen Nase-Mund-Partien in den Haltestellenunterstand hinein.

Stefan zog den Kopf ein, auf den ihm unangenehm die Tropfen platschen. (Nanu? Wo ist denn der Blödmann jetzt hin?) Ah, da vorne ragte die Schirmmütze aus der regengesprenkelten Menschentraube im Unterstand. Auf den drei Sitzen kauerten vier Leute, ein junger Bursche hatte seine Freundin auf dem Schoß. Nur mit den Spitzen ihrer Ballerinaschuhe, in denen ihre nackten Füße stecken, stützte sie sich ab. Weiße Ballerinas mit blau paspeliertem Einstieg, nackter schmaler Spann, gut zu sehen zwischen den anderen Beinen, an einer vor Nässe gedunkelten Schulter vorbei.

»Na ja, jedenfalls habe ich jetzt einen überflüssigen Versepiker auf dem Hals. Mal sehen, in einem Monat ist der finale Besprechungstermin. Aber inzwischen trage ich mich auch oft mit der Frage, ob es vielleicht eine Alternative wäre, einfach nicht zu promovieren und so weiterzusehen.«

»Und sonst?«, setzte Carsten, nun ohne Rücksicht auf alle die Mithörer unter dem Regendach unvermittelt ganz neu an, »Was läuft so mit den Mädels bei dir? Mainz ist da echt ein heißes Pflaster.«

Da konnte Stefan sich nicht helfen, die Hitze stieg unzügelbar in sein Gesicht. (O nein, jetzt werde ich auch noch rot; wahrscheinlich hält er mich nun für einen noch unbewussten Homosexuellen. Sag was, nähere dich Carstens beringtem Ohr, damit es nicht alle hier mitbekommen und raune hinein: »Falsche Frage. Keine Freundin, keine Abenteuer, seit mehr als fünf Jahren herrscht Stille«

»Oh, na ...«

Wie herabprasselnde Gitterstäbe umrahmte der Regen das

Dach. Es gab kein Entkommen. Wo war einst behauptet worden, im Fernsehen vielleicht, dass Delphine unter Wasser ... – »Aber was ich noch sagen wollte, wenn man erstmal drin ist im Schreiben, find ich, ist das alles gar nicht so wild. Meine Diss hab ich jetzt ...« – ... in Pferchen mit Wänden aus aufsteigenden Luftblasen gehalten werden? Sie könnten wahrscheinlich schon da durch, aber es wäre unangenehmer, als zu bleiben und sich zu fügen. – »... fast fertig, und es macht mir immer noch richtig Spaß! Ich hab aber auch echt Glück mit meinem Doktorvater; der lässt mich ab und zu schon mal Auszüge veröffentlichen in einer Filmzeitschrift, *Mise-en-cadre* heißt die, ich weiß ja nicht, kennst du vielleicht; letztens hab ich wieder ...« – »Mensch, das ist aber ein Regen!«, tröstete ein Hutzelmännchen mit sportlicher Kapuze neben Carstens Ellenbogen den Chihuahua auf seinem Arm. – »... was fertig gemacht über die Bedeutung von Explosionen im Film: *Splitter und Sprengungen künden den Wandel*. Ein heißer Titel, oder?«

»Ach? Und worum geht es in deiner Doktorarbeit?«

»Ich schreibe *Über Feuer und Explosionen in ständiger Rücksicht einerseits auf ›Apocalypse Now‹ und ›The Hurt Locker‹, andererseits auf ›Serkalo‹ und ›Cet obscur objet du désir‹*. Klingt auch gut, oder? Für Titel hab ich ein Händchen. Hat auch gut gezogen. Ah, es hört schon wieder auf!«

Das Röhrengeländer, an dem sie entlanggingen, saß voller Tropfen. Die Autoreifen rauschten auf dem funkelnden Asphalt. Noch war die Ampel an der vierspurigen Straße rot:

»Nee, also, ich bin heilfroh, dass ich meinen Schwerpunkt frühzeitig auf Filmwissenschaft gelegt hab, denn Filme guckt jeder gerne, das hat doch wenigstens ein bisschen Bezug zur Wirklichkeit, ich meine, ich kann über mein Promotionsthema auch auf einer Party reden, während bei dir doch die Leute vor Langeweile von den Stühlen fallen ... Ich meine, mal ehrlich, *Versepos über den Weltuntergang*, das kannst du ja keinem erzählen!«

Bei der Sparkasse links an der Ecke einer kleinen Seitenstraße hob Carsten »noch eben schnell ein bisschen Geld« ab, bevor sie dort einbogen, auf dem schmalen Bürgersteig zwischen Hauswänden und parkenden Autos kaum nebeneinander gehen konnten und um ein Baugerüst einen Bogen machen mussten. An der nächsten Ecke blieb er vor einer kleinen obsoleten Modeboutique stehen und wies mit seinem Kinn schräg über die Straße:

»Da ist es, warte mal eben hier, ich bin in fünf Minuten zurück.« Während er auf den Hauseingang zuhinkte, sah er sich nochmal nach Stefan um und hob »Bis gleich, ne!«, abmildernd die Hand. Doch weil Stefan fest damit gerechnet hatte, sich sträuben zu müssen gegen die Aufforderung, mitzukommen, war er auf seinen eigenen Gegenvorschlag, lieber draußen warten zu wollen, innerlich derart eingeschossen, dass er sich, als Carsten ihn warten hieß, zunächst freute. Erst, als er die Schirmmützengestalt mit schwebendem Zeigefinger eine Klingelleiste studieren, zu den Fenstern eines der oberen Stockwerke hinaufspähen und verschwinden sah, fiel ihm auf, wie unerhört er es fand, nicht wenigstens zum Mitkommen eingeladen worden zu sein. Sollte er jetzt einfach weggehen? (Nein, das kannst du doch nicht machen.) Gefesselt an sein Wort lehnte er die Umhängetasche gegen einen steinernen Poller am Rand des weitläufigen Platzes, auf den die Straße hier mündete: *Gernotstraße* und *Wickriederplatz*, legten zwei Schilder an einem Pfahl vor der Eckboutique dar. Er zupfte eine Zigarette aus der Packung und folgte ihrem Rauch mit den Augen, der sich unter dichtbelaubten Zweigen verlor. Hier waren die Bäume höher als in der schattigen Seitenstraße, und ein Arbeiter mit dürren, nackten Armen warf von der Ladefläche seines Lastwagens eine (letzte) Stange, die, schmerzhaft in Stefans Ohren, auf die übrigen schepperte. Meine Güte, was tue ich hier?

Doch – eigenartig! –, dass er hier ausgerechnet auf Carsten Löhr wartete, dass er dessen schwatzendes Selbstbewusstsein gebannt wie ein Kaninchen vor der Schlange erduldet, seine verständnislosen Schmälereien geschluckt und unwidersprochen gelassen hatte, das war alles nicht schlimm, denn eingesponnen in seinen Kokon fühlte er sich ... unbeschwert ... Vielleicht liegt es daran, dass ich immer unter Druck im eigenen Saft schmore, aber ausgerechnet in dieser unangenehmen Lage, behelligt und konfrontiert mit rücksichtsloser Dämlichkeit scheint es, als wäre ich zum ersten Mal seit Wochen mir selbst entkommen ... ulkig, regelrecht entspannt ...

Weiter hinten, unter den Bäumen, wurde ein Zeltdach aufgeschlagen; neugierig rutschten Kinder vom Rücksitz eines Autos; am Kofferraum bekamen sie ihre Rollschuhe ausgehändigt. Weiter rechts, unweit einer Sitzgruppe aus Betonwürfeln, die um eine bis zu den Kanten voll Wasser stehende Tischplatte gruppiert waren, blies ein Schnauzbärtiger im weißen Overall an einer Gasflasche Luftballons auf.

»So! Schon erledigt!«, rief Carsten, den Stefan gar nicht hatte kommen sehen, zweiundzwanzig Minuten später, und schwenkte triumphierend eine kleine Plastiktüte: »Hab ich einen Hunger! Hier ist ein Bioladen, gleich da vorne. Lass uns da eben fix vorbeigehen, ich brauch unbedingt was zu essen, bevor ich mich in den Zug setze.«

Und die kaltblütige Heiterkeit erlaubte es Stefan, »Was tuts?«, zu sagen, »Wenn es denn sein muss, gehen wir da auch noch vorbei.«

Carsten versuchte nicht, ihm die Filme zur Begutachtung hinzuhalten, denn:

»Wenn ich Hunger habe, krieg ich immer schlagartig schlechte Laune, dann bin ich nicht mehr ich selbst; da hilft nichts, außer sofort was zu essen.«

Da näherten sie sich aber schon einer Fensterfront, vor der in weißen Drahtgitterstellkästen Bio-Honig und Direktsäfte angeboten wurden.

Aufgedrückt stieß die Glastür an eine mit Glöckchen behängte Kordel, und der Eau-de-Toilette-Schweif, den Carsten hinter sich herzog, wurde übertrumpft von einem Geruch nach Getreide und Dörrobst, in dem Stefan sich zwischen den Regalreihen verlief.

Die Möglichkeit, wieder draußen zu warten, hatte er unbesehen verworfen; er begutachtete die Knoblauchextrakte, Vitaminkapseln, Alaun-Deo-Steine, Meer- und Badesalze, roch an Trockenkräutern, hob scheininteressiert die Augenbrauen beim Nachsprechen des Wortes »Vollwertflocken« und musterte selig-unbekümmert Kleie, Leinsamen, Hirse und Buchweizenflakes. Von der in Büchsen aufgestapelten Babynahrung perlte sein Blick ab, überflog die Regalflucht wie eine Buchseite, und an ihrem Ende bemerkte er einen hellhölzernen Kassentisch, wo sich sein Blick an einem Widerblick verfing.

Die Augen einer Gestalt, einer schmalen, hochgewachsenen Gestalt in weißem Kittel, ihre Augen verschmitzt, die Haare dunkelblond, strohern durchsträhnt, ein Augusttag im Vorschulbilderbuch. Abwärtig ernst, erwachsen, ehrenwert und verstörend würdevoll war ihre Nase; antikisch, hegsam, nett und näheheischend ... – Ihr Gesicht ist so freundlich, dass es ein Leichtes wäre, sich vorzustellen, man würde sie in den Arm nehmen und dabei beispielsweise hinter ihrem Ohr schnuppern. Und von all dem fühlte er sich entlarvt, durchschaut, ja gar erkannt, oder doch immerhin wahrgenommen für die Dauer einer scheuen Sekunde, derweil diese junge Frau ihn anstrahlte. Den entfleuchenden Moment lang hatte es geschienen, als bräuchte er nur zu ihr hinzustürzen (im Gefühl, mein Kokon würde platzen). Und aus ihm entfaltete sich, bebend, erquickt, ein: Schwingen ... Steigen ...

»Ihr hattet doch immer dieses biologische Sauna-Öl *Latschenkiefer*, das find ich hier gar nicht mehr!«, quäkte Carsten, der sich schon eine Packung Emmer-Hirse-Kekse und eine Flasche Sojatrunk mit Vanillegeschmack vor die Brust presste, über einen Rollständer voll *Darmolan für regelmäßigen Stuhlgang* gereckt. Sofort ließen die Augen der Kassiererin von Stefan ab, und er meinte über den ockergelben Linoliumboden geradewegs zu ihr hinzustürzen, wandelte tatsächlich aber ziemlich marionett auf die Kasse zu, während *sie* Carsten sanft und tapfer, mit einer milden, nicht zu hohen Stimme erklärte, diese Sorte käme erst nächste Woche wieder rein.

Aus dem Hintergrund war eine andere Verkäuferin aufgetaucht; deren Augen verbarg ein struppiger Haarmopp, etwas heller als die Muttermale auf ihren Pausbacken, zwischen denen die Nase an den Knopf im Polster eines Clubsessels erinnerte, wie er in irgendeinem altmodischen Roman der Großmutter als Aufenthalt gedient hatte, die zwar unsichtbar blieb, wenn die Enkelin Herrenbesuch bekam, die es duldete, wenn die jungen Leute ihre Köpfe in die Nacken warfen und einander anflehmten, um Pheromone zu wittern, aber die, sowie es still wurde, unfehlbar hustete und einen Kamillentee verlangte. Eine Tasse Tee kann ebenso ersäufend wirken wie eine Meerenge. Über Großmütter, Prüderie und Kontrollsucht wäre mehr zu sagen, aber Sitzmöbelgesichter sind einladend: Alles mögliche kann sich da hineinflätzen, am Ende sogar Stefans Vorstellung von einem Drachen, der die Jungfrau bewacht.

Als es Carsten sich nun nicht nehmen ließ, sicherheitshalber auch noch diesen Drachen nach seinem Sauna-Öl zu fragen, flog über die Wangen der Jungfrau eine gekränkte rosa Wolke, obwohl ihre Kollegin, die schon geübt vor den Ölschächtelchen in die Knie ging, ihr nicht in den Rücken fiel, sondern bekräftigte:

»Latschenkiefer ist aus. Sonst hätten wir aber noch Grapefruit, Orange, Petit Grain und Limette, das finde ich persönlich besonders schön, das wäre dann eher fruchtig, und, äh, hier: es hat eine erheiternd motivierende Wirkung.«

Während Stefan der Kassiererin beispringen, sie in Schutz nehmen und von seinem taktlosen Begleiter abrücken wollte, fühlte der sich durch die Erläuterungen des Drachens zum Fachsimpeln aufgefordert:

»Ist da eigentlich nur die Verarbeitung biologisch, oder sind auch die Latschenkiefern biologisch angebaut? Ich meine, ist das wirklich komplett ohne Chemie? Das würde ich schon gerne wissen, denn …«

Stefan rang um eine ritterliche Geste, brachte aber nichts weiter zustande, als mit hängenden Armen drei Schritte vom Kassentisch entfernt gefalsüchtig zu flüstern: »Siehst du wohl: gibts nicht. Siehst dus jetzt ein? Hat sie ... hat die ... *Dame* hier ... doch eben schon gesagt!«

»... in der Sauna sind ja die Poren besonders weit geöffnet, da kommt man ja in sehr intensiven Kontakt mit dem ... Produkt.«

»Ja, also ich weiß nur, dass da hundert Prozent naturreine ätherische Öle drinne sind«, las die Verkäuferin von der Verpackung ab, »mit biologischem Alkohol und ohne synthetische Zusätze.«

Carsten hatte bezahlt, ließ die Glöckchenkordel klingeln und sah sich im Hinausgehen nach Stefan um, der lächelte und ... Schnell! Ihr Name! Das Schildchen über ihrer linken Brust ... o ... ist handbeschriftet und ohne Starren nicht sicher entzifferbar ... er lächelte und sein Blick brachte von dem Erkundungsflug eines Sekundenbruchteils als halbwegs gesichert nur ein *Fr. S. T\*\*\*\*\** mit. Das vertikale Gedränge nach dem *T* könnte ihren Nachnamen Tatler, Tatter oder Talter lauten lassen. Stefan, der lächelte, übernahm den Türgriff aus Carstens Hand und rief betont »*Auf Wiedersehen!*«. Sie, die sommertägige *Fr. S. T\*\*\*\*\** bückte sich da aber grade hinterm Kassentisch.

» Hey! Und ich hab gedacht, du wärst schüchtern! Aber du flirtest ja mit jeder Kassenfrau!«

»Ja? Meinst du, das war ...? Hm, also, ja, die fand ich schon ... Meine Güte, was für eine Erscheinung ...«

»Dann aber flugs wieder rein da und was mit ihr verabredet!«

»Nein, auf keinen Fall! Das wäre nichts, das könnte ... So bin ich nicht, da gäbe es keine gangbare Möglichkeit, nichts, was ich unternehmen und auch mit meinem Charakter vereinbaren ...« Stefan unterbrach sich selbst, ein bisschen erschrocken, weil Carsten Mund und Augen so eindringlich aufriss, als er mit seiner, bei größerer Lautstärke instabil werdenden Stimme losfiepste:

»Also, dann will ich dir jetzt mal was sagen! Du bist seit wasweißich wie vielen Jahren alleine, hast du vorhin doch selber erzählt, und dann seh ich mit eigenen Augen, wie es zwischen dir und so einer Frau funkt, und du willst da nichts draus machen! Dann ist es doch auch kein Wunder, dass du alleine bist! Dann wirst du das bis ans Ende deines Lebens bleiben! Mensch! Aus sowas muss man doch was machen! Ich bin richtig neidisch. Ich meine, wenn ich du wäre, ich würde da doch sofort wieder hingehen! Sprich mit der! Verabrede dich, Mensch! So eine Gelegenheit verstreichen zu lassen, wär doch völlig blödsinnig und schade obendrein! Worauf willst du denn da warten?! Wir sind doch nur Staub, die ganze Welt ist ein verschwindendes Atom im All, und wenn wir etwas wollen, müssen wir es selber in die Hand nehmen! Und soviel ist ja mal klar: Auf sie hast du auch Eindruck gemacht. Das war nicht zu übersehen.«

»Meinst du? Puh, ich werde schon aufgeregt, wenn ich mir das nur vorstelle. Aber eigentlich ... Sie wirkte so sensibel und war so erstaunlich hübsch, so groß und ruhig ...«

»Na ja, aber schöne Zähne hat sie nicht grade.«

»Och! Die mag ich besonders! Diese Einheitsperlengebisse kann ich nicht ausstehen. Ein grau angelaufener Schneidezahn ist doch schön, oder eine leicht einwärtsgekippte Frontleiste, besonders, wenn die Eckzähne dadurch ein wenig gegen die Oberlippe drücken ...«

»Na, siehst du, dann marschier da jetzt wieder rein, und frag sie, ob sie mit dir einen Kaffee trinken geht«, riet Carsten gütlich, aber schon innerlich abwinkend, um die Blöße zu bedecken, die er sich durch seinen Einsatz für Stefans Wohlfahrt gegeben haben könnte.

»Nein ... Das geht nicht, das wäre gezwungen und unecht. Sowas habe ich noch nie gemacht, und ich weiß, warum. Ich kriege das beim besten Willen nicht hin.«

»Dann fahr eben nach Hause, und wenn du heute Nacht nicht schlafen kannst, siehst du vielleicht ein, dass ich recht hab. Und dann kommst du eben morgen oder nächste Woche wieder. Die läuft da ja wahrscheinlich nicht weg. Ich muss jetzt dringend los; ich darf um 12 Uhr 30 meinen Zug nicht verpassen.«

Stefan verabschiedete sich, murmelte, er werde mal sehen, ob er sich nicht überwinden könne, doch jetzt gleich nochmal ..., tat auch so, als ginge er wirklich zurück zu dem Bioladen, stellte sich an die Ampel, obwohl sie grade grün war und kehrte, als die Bahn mit Carsten Löhr in Richtung Innenstadt abgefahren war, wieder um; weil Wind aufkam, schlüpfte er an der Haltestelle in seine Jacke und wartete, erleichtert, diese Bedrängnis überstanden zu haben und wieder allein zu sein, auf die nächste.

Im Hauptbahnhof entdeckte er auf der Anzeigetafel, dass sein Vorortzug erst in 24 Minuten abfahren würde. Hoffentlich hat Carstens Zug keine Verspätung; nicht, dass er mir gleich nochmal über den Weg läuft. Ach was, in diesem Gedränge niemals. Trotzdem fuhr er lieber direkt mit der Rolltreppe zum Bahnsteig hinauf und rauchte eine Zigarette im gelb umrahmten Raucherbereich, wo ein junger Mann saß und seine motorische Unruhe mit Kniewippen austobte.

Könnte es falsch sein, jetzt plangemäß nach Hause zu fahren? Ist das, was Carsten da gepredigt hat, nicht seiner grundsätzlichen Indiskutabilität zum Trotz bis zu einem gewissen Grad unter Umständen gar nicht so verkehrt? Jetzt habe ich nicht nur vergessen, dass ich noch in die Bibliothek wollte, sondern vermeide auch, diese Tür zu einem neuen Umgang mit meinen Lebensbedingungen aufzustoßen. Sollte ich mich womöglich über den Zustand, an den ich gewöhnt bin und auch über meinen Charakter, der an diesem Zustand festhält, hinwegsetzen und es tatsächlich so machen, wie Carsten mit seiner seichten, verrohten Städterweisheit und seinem mentorhaften Getue vorgeschlagen hat? Theoretisch ist es leicht; es ist möglich, ich könnte da jetzt einfach wieder hinfahren. Gefahr gäbe es da keine. Aber was, wenn sie gar keinen Kaffee trinkt? Schließlich arbeitet sie in einem Bio-Laden. Dann – noch fühlte er sich für so eine Antwort beschwingt genug – trinkt sie eben Orangensaft! Oder Kräutertee.

Die Rolltreppe lieferte ihn wieder in der Bahnhofshalle ab, wo jetzt Pendler, Heimschläfer und Wochenendurlauber mit Einkaufsbummlern zu immer dickeren Trauben verklumpten, aber in der Stadtbahn, die Richtung Südstadt fuhr – er hatte rennen müssen und seinen Entschluss nicht wieder in Frage stellen können –, saß er allein, bis ein Mädchen zustieg, das nach Patschuli roch; irrwitzig lange blondierte Haare kontrastierten mit schwarz geschminkten Lippen; Augenbrauen waren ihr auf die Stirnhaut getuscht, unter den schwarzen Rüschenmanschetten guckten gallertartige Finger mit schwarz lackierten Nägeln hervor.

Und die Sonne setzte sich durch, sie gleißte an den Werbebeklebungen der getönten Stadtbahnscheiben vorbei, und Stefan spürte, wie ein Schweißtropfen ein Stückchen an seinen Rippen herabrann. Die Jacke, ein Knäuel, auf dem Nebensitz. Es ist ein konfuser Tag, ein exaltierter Traumtag, der mit an Laternenmasten und Baumflanken flimmernden Lichtfeldern und schlieriger Gräue über die Stränge schlägt und dir vorführt, wie eingekesselt du in deiner Haut hockst, bei geschlossenen Türen auf zwangsläufigen Schienen. Denk jetzt gar nicht weiter darüber nach: Du fährst da hin, atmest tief durch, sie kommt auf dich zu: »Was kann ich für Sie tun?«, und du sagst: »Trinken Sie einen Kaffee mit mir, am besten gleich heute nach Ihrem Dienstschluss!« Das wäre nassforsch und würde sie vor den Kopf stoßen. Wahrscheinlich siezt man sich auch heute nicht mehr in so einer Situation.

Du sagst vielmehr möglichst aufrichtig: »Hallo, vorhin habe ich dich hier im Laden gesehen, aber leider war ich in Begleitung eines Idioten, der nur ein flüchtiger Bekannter von mir ist, und ich würde dich gern kennenlernen; hättest du Lust, *mal* einen Kaffee mit mir zu trinken?«

Es wäre schön, das *mal* wegzulassen, aber es gehört da hin, im Zeichen der Unverfänglichkeit. »Neinnein, es geht mir eigentlich gut, ich atme nur so schwer, weil ich aufgeregt bin, ich hab noch nie jemanden einfach so mir nichts, dir nichts angesprochen – oder höchstens vielleicht, um nach dem Weg zu fragen.«

Eigentlich könnte sie ihm ja auch ein bisschen entgegenkommen. Aber vorbereitet sollte er darauf sein, alles ganz alleine machen zu müssen; wofern sie nicht ohnehin nur bis zum Mittag gearbeitet hat und jetzt zwei oder drei Wochen lang auf einer Segeljacht in der Adria herumschaukelt und ihm derweil Zeit lässt, sich mit Erwägungen zu malträtieren, bis er sie wieder würde antreffen können.

Ob es nicht besser wäre, ihr einfach einen Zettel über den Kassentisch zuzuschieben? Anstatt Worte hervorzuwürgen, die so leicht steckenblieben in seiner trockenen, vom Herzschlag verstopften Kehle, durch die er mühselig um Atem ringt; alles verwackelt, weil das Blut in seinem Kopf mit beiden Fäusten gegen die Augäpfel bollert. Schriftlich ließe die Angelegenheit sich leichter fixieren. Aber leider, ich weiß, ich weiß, würde das feige wirken. Wenn wir jemanden kennenlernen wollen, sind wir dazu verpflichtet, uns zu entblößen. Wir dürfen nicht in Deckung bleiben und mit der Attitüde eines Bettlers auftreten, der seine speckigen Klagekärtchen an den Kanten aller Restauranttische platziert und sie dann in einer zweiten Runde mit abgefeimten Blicken wieder einsammelt; oder so, wie ein Schüler im Unterricht am Lehrer vorbei sein Briefchen in den Ranzen von Astrid Böttcher schummelt ... Nein, Schluss! Das ist kein Ausweg. Dann müsste man unterwürfig ihre Antwort erwarten. Und der ganze Ablauf wäre von vorn herein schief gewickelt.

Aber vielleicht wäre es besser, ihr außerhalb dieses befremdenden Geschäftes aufzulauern, denn dort sind wir einander nicht ebenbürtig: Sie ist in der Pflicht, mich zu bedienen, ich kann weglaufen, sie aber nicht. Allerdings könnte der Bewacherdrachen ihr beispringen ... Doch wenn Stefan ihr vor dem Laden auflauerte, ginge sie wahrscheinlich in der falschen, nicht erwarteten Richtung davon, man müsste ihr nach, sie einholen und wenden, um so tun zu können, als käme man ihr gedankenverloren entgegen ... Und wieder würde alles ungelenk, verkrampft, marod im Keim, ein von vornherein zum Totlaufen verurteiltes Unterfangen.

Am Wickriederplatz war die mutmaßliche Veranstaltung grade zu Ende. Oder hat man sie vorzeitig wieder abgeblasen? Überall verliefen sich Passanten in den Seitenstraßen, Mütter lockten ihre Kinder zu den Autotüren. Drei Mädchen kamen dort unter den Bäumen auf Rollschuhen, und jenseits des Zeltdachs wurden Klappstühle und Lautsprecher verladen. Stefan setzte sich auf einen Betonklotz, etwa dreißig Schritte entfernt von der inzwischen getrockneten Tischplatte, an der nun eine Frau und zwei Männer mit nassen Haaren Wein direkt aus der Kartonverpackung tranken; sie rauchten, die Frau lachte heiser und einer der Männer guckte zu ihm herüber. Wenn ich nicht zurückgucke, werden sie sich nicht ermutigt fühlen, mit mir zu sprechen. Ich bleibe hier nur ein kurzes Weilchen sitzen, rauche eine oder zwei Zigaretten und beruhige mich, tilge alle dummen Denkereien, und dann gehe ich schnurstracks zum Bioladen hinüber. Dessen Schaufensterscheiben, überhangen von den Baumkronen davor, reflektierten grade noch einen blendenden, frühnachmittäglichen Lichtstrahl, eh die Sonne sich wieder vermummte. Und dort – er beschirmte die Feuerzeugflamme mit der Hand und neigte seinen Kopf darüber, um die Zigarette anzuzünden – vollziehe ich, als sei es eine Kleinigkeit, den Schritt in ein neues Stadium der Lebensbewältigung! Hurra. Ich fühle mich beflügelt, nicht wahr? Ich halte diese Aufgekratztheit, die schon Risse kriegt und abzublättern beginnt, noch an mir fest. Sie steht da in ihrem Kittel, sortiert vielleicht grade Algenextrakte in ein Regal und blickt auf, wenn ich die Klingelkordel zum Klingen bringe. Dann sehe ich sie an, und sie ahnt natürlich, dass ich ihretwegen zurückgekommen bin. Ich gehe auf sie zu, besonnen, ohne mit der Schuhspitze gegen den Eimer zu stoßen, der da samt

Wischtuch und voll mit schmutzigem Wasser womöglich im Wege steht, um meinen Auftritt lächerlich zu machen, und sage, was ich mir vorgenommen habe: »Würde dich gern kennenlernen; hättest du Lust, mal einen Kaffee mit mir zu trinken?« Sie daraufhin hebt eine dunkelblonde Augenbraue und entgegnet mit einem müden, an den Kanten verhärteten Lächeln: »Nee, du, irgendwie eher nicht, echt nicht.« Ihr Gesicht legt sich in Falten, sie fletscht die Zähne, tonlos, bis sie Luft einsaugt, dann kreischt sie förmlich vor Lachen; japsend weiht sie ihre Kollegin ein, die dann mitlacht, so wie auch ein zufällig anwesender, pferdeschwänziger Kunde ... »Schade«, könnte er dann sagen, »dann ... eben nicht ...« Am Ende würde er plötzlich die Kontrolle über sich verlieren, zittern und zu weinen beginnen.

»Würdest du, ich meine, hättest du Lust dazu, eventuell gelegentlich einen Kaffee mit mir trinken zu gehen?«

»Weißt du, ich glaub nicht, dass mein Freund davon so begeistert wäre.«

»Oh, natürlich, stimmt, das wäre er wohl nicht ...«

Oder, stell dir vor, sie errötet und schweigt ohne zu lächeln, um endlich ein »Lieber nicht« hervorzupressen und im Hinterzimmer des Ladens zu verschwinden. Wenn sie nicht sogar entsetzt aufschreit und sich sexuell belästigt fühlt ...

Die Vorstellung, sie *wirklich* zu fragen, war bodenlos und durchrieselte ihn so drosselnd, als malte er sich aus, einen Mord zu begehen – ein Beil nehmen, den Schädel einschlagen ... das Gehirn zerschmettern und in klebrigem, warmem Blut herumtasten ... besudelt, mit dem Beil in der Hand ... Selbst das schiene weniger verstiegen als das ungeheuerliche Ansinnen, allen Ernstes einem wildfremden Menschen vorzuschlagen, man wolle ihn kennenlernen. Ein Mörder muss nicht um das Einverständnis seines Opfers bangen.

Er rauchte seine zweite Zigarette, sah den Kindern zu und lauschte dem Klacken ihrer Rollschuhe auf dem Asphalt; besonders das eine, dünn hochgeschossene Mädchen war auffällig. Aber weil er fürchtete, von irgendeiner übereifrigen Mutter als Kindermolestierer fehlgedeutet zu werden, konzentrierte er sich lieber auf den Rollstuhl, in dem eine alte Frau abseits saß und mit Zunge und Lippen ihr künstliches Gebiss positionierte. Woher nur diese Dramatik, das panische innerliche Gezeter, das mich bremst? Was will ich denn? Was wäre denn ... Was mache ich denn, wenn es klappt, wenn sie tatsächlich will, was wird denn dann? Geht es mir nicht eigentlich recht gut, so, wie nun alles eingerichtet ist? Was ist denn von so einem Schritt, von der ach-so-nötigen Veränderung zu erwarten? Bin ich mir überhaupt sicher, dass diese Biokassiererin mir gefällt? Habe ich mich da nicht bloß in ein blindgeschossenes Verlangen hineingesteigert? Und ist es wirklich nötig, mich ausgerechnet jetzt dergestalt mit mir und meiner Lage zu konfrontieren? Wie schön wäre es, nun endlich einfach nach Hause zu fahren ...

Aha! Die Sehnsucht nach Hause zu fahren ist also größer als die nach dieser Kaffeetrinkenfragerei. Dann wäre es doch eine Dummheit, der größten Sehnsucht nicht zu folgen! Bin ich denn außerdem so elend, dass ich mache, was Carsten Löhr mir geraten hat? Das wäre nicht ich, sondern ein Versuch, mich in eine allgemeine Stromrichtung zu fügen, in die ich wahrscheinlich aber schlichtweg nicht passe. Das ist nicht gut, das kann nichts werden! Für mich muss sich die Begegnung mit einer Frau ergeben, folgerichtig und selbstverständlich muss alles sein; es liegt mir nicht, Umstände zu vergewaltigen! War es mit Jennifer nicht auch so damals? Aber da waren wir Schüler, Jugendliche, unverantwortlich ... Und nach ihr hat es angefangen, schwierig zu werden.

Als wäre zwar keine Eile nötig, aber auch kein Zögern mehr angezeigt, erhob er sich von seinem harten, rauen Sitz und entwischte. Anstatt mich hier zu vertun, fahre ich lieber in die Bibliothek und sehe zu, dass ich dieses elende Promotionsdilemma in den Griff kriege. Vielleicht sind ja auch meine Fernleihen schon angekommen.

Demonstrativ langsam schlenderte er an der Eckboutique vorbei, von wo aus er dem Reformhaus noch einen Augenwinkelblick zuwarf, eh er die dunkle kleine Straße – *Gernotstraße* prägte er sich ein – betrat, an deren Ende die Stadtbahnhaltestelle noch kaum von Häuserschatten berührt wurde.

Gleicherzeit vorfreudig und bedrückt stieg er am Steintor um, bog hinter dem eintönigen Stachelzaun der Polizeihauptwache rechts ab und trat zwischen die Säulen, auf denen der Bibliotheksklotz thronte. In der vierten Spindreihe fand er eine offene Tür. Der zugehörige Schlüssel war, genau wie früher zur Schulzeit die Schlüssel der Schwimmbadspinde, mit einem Schnallenarmband aus rotem Kunststoffgewebe versehen. Es verknüpfte das Wegschließen von Tasche und Jacke vor jedem freudigen Betreten der Bibliothek mit dem Gräuel weit zurückliegender Mittwochvormittage, mit noppigen Fliesen, grau im Chlorgeruch, nicht endenden Crawl-Übungen unter den Trillerpfiffen eines Sportlehrers, der zur knappen Badehose eine Trainingsjacke mit Ärmelstreifen trug, die seinen haarlosen, an Hummer und Hähnchen erinnernden Brustkorb straff umspannte; auf diesem Geweband balanciert die Erinnerung an Wasser in den Ohren, das jede Kopfbewegung mit unverständlichem Grummeln kommentierte, an wunde Augenränder, an die Vorrichtung zum Besprühen der Zehen mit Desinfektionsmittel gegen Fußpilz neben dem Duschraum; und Stefan, der als einziger von allen schwimmbeutelschwingenden, nasshaarig johlenden Kindern an diesen Mittwochvormittagen seiner Hölle vorgeschmeckt hatte, fand es schwierig, die Einladung des Zufalls anzunehmen, der ihm dieses erinnerungsträchtige Armband nun als Anhängsel gewissermaßen eines Himmelsschlüssels bot.

Am Treppenfuß nickte der nette Pförtner ihm heute nicht zu, weil er grade ins Tippen einer Telefonnummer vertieft war; auf der Treppe knieten immer noch zwei Handwerker, die schon vorige Woche damit begonnen hatten, den Teppichboden durch Steinfliesen zu ersetzen. Dann begutachtete Stefan mit herbeigezwungenem Interesse so lange die Titel von Sciencefictionromanen aus den Fünfzigerjahren in den Vitrinentischen, bis ein Computerplatz frei würde. Die Dunkelhaarige dort hatte markante Knöchel, zuckte mit einer Braue und klickte mit braungebrannten Fingern ihr Täschchen zu. Und der fiese Kerl da streckt ihr einfach im vorübergehen die Hand hin. Ach so, das ist – sie sprang auf und packte die Hand und küsste den Kerl – das ist ihr Freund. Und sie lachte und äugte verspielt in seinen Korb voll dicker Gesetzestexte, und beide freuen sich die Treppe hinunter, hinterließen aber an den Computertischen einen freien Platz.

Auf dem Weg dahin verglich sich Stefan, während er den beiden nachsah, selbstkritisch mit einem unadoptierten Heimkind, mit einem einsamen Spacken, der nicht über Filme promoviert, sondern über einen halbvergessenen religiösen Versepiker, auf den ich nicht mal mit leuchtenden Augen vermittelnd hinweisen könnte, und über den es kaum Sekundärliteratur gibt. Er bestellte alles, was der Katalog ihm auf das Stichwort *Franz von Sonnenberg* hin vorschlug: Eine einzige, neuere Biographie; und *Donatoa*, vier Bände. Stimmt, das hatte der Ölpenauer erwähnt. Leider *nur* für den Lesesaal, wo man es an grünen Tischen unter grünen Lampen, umgeben von Räuspern und Atemgeräuschen nicht gern lange aushält. Als sie sich verbildlichen werden die vier Bände hoch wie Köpfe und dick wie Fäuste, aufreizend monumental. Wer weiß, vielleicht wird das ja doch gar nicht so schlecht.

In der Stille zwischen den großen Autorenlexika vertrieb er sich die dreiviertel Stunde, bis er glaubte, den Gang zum Abholschalter wagen zu können. Die Dame dort klimperte grade müßig mit den Augenlidern:

»Wie bitte?«

»Ob wohl meine Fernleihen eventuell schon ange...«

»Haben Sie die Benachrichtigung dabei?«

»Äh, nein, ich habe noch keine bekommen, ich dachte nur, vielleicht...«

»Ja, macht nichts... Ich schau mal nach.«

Sie watschelte in den Hintergrund, musterte abwechselnd Stefans Bibliotheksausweis und die aus den Kopfschnitten der Bücher herausstehenden Scheine, mümmelte Buchstaben, fragte ihre Kollegin um Rat, und kehrte mit einem schwarzen, singvogelkleinen, gummibandverschlossenen Kästchen zurück an den Schalter:

»Das ist eine Mikrofilmspule. Das Lesegerät dafür steht...«

»Aber... das wollte ich nicht! Ich hatte ausdrücklich dazugeschrieben, dass ich das *Buch* nötig habe.«

»Ja, das ist wohl zu wertvoll, das konnte wohl nicht herausgegeben werden. Wollen Sie es sich auf Mikrofilm wenigstens ansehen? Das Lesegerät ...«

Nein, dazu hatte Stefan keine Lust. Er hatte sich einem halben Stündchen am Fotokopierer auf der unbeleuchteten Galerie im Oberstock entgegengefreut, auf einen schlichten und beriebenen Pappband mit einer Sträflingsnummer am Rücken und dem Neugier weckenden Titel *Belustigungen und Reisen eines Todten, aus Zickzacks nachgelassenen Schriften*, der, wenn man ihn aufschlüge, wie eine Amethystdruse eine funkelnde Welt offenbart hätte. Den warnroten Einlegezettel, der ein KOPIERVERBOT ausposaunt, hätte er unter anderen Büchern versteckt und doppelseitenweise das dünne, oft lästig durchscheinende, mit schmieriger Fraktur bedruckte Papier aufs Fenster der Kopiermaschine ins Licht legen können, immer die Glastüren im Blick, aus denen manchmal unangekündigt jemand trat und einen Schock verursachte, der Stefan wie eine Druckwelle durchfuhr. Denn was für Folgen illegales Fotokopieren hatte, wusste er nicht. Muße man dafür zum Direktor? Wurde der Leihausweis eingezogen und wurde man angezeigt? Nach und nach hätte er seinen bereitgelegten Kleingeldstapel durch den Maschinenschlitz fallen lassen und einen neuen Schatz nach Hause tragen können.

Nach Hause. Das war die Lockung, die jetzt blieb.

»Und hier sind die Bücher, die Sie aus dem Magazin bestellt haben. Soll ich die für den Lesesaal noch liegen lassen?«

»Ja, das wäre nett. Das ist ausgezeichnet.« Um die würde Stefan sich in den kommenden Wochen kümmern. Fürs Erste hatte er genug an der Biographie Franz von Sonnenbergs, die von einem Mann namens Spiridion Wukadinović 1927 veröffentlicht worden war und die zwei mollige Hände vor ihn auf den Tresen schoben.

Vorsichtig durchschritt er die Sicherheitsschranke, und am Bahnhof ließ er sich wieder von der Rolltreppe zum Bahnsteig hinaufbringen und rauchte noch eine Zigarette im Raucherbereich; ein bisschen hungrig, dumpf und müde wartete er auf den Zug. Eine Pfütze jenseits des Überdaches spiegelte Himmel, die Sonne blendete am Rand einer Wolke mit tiefem, violettgrauem Kiel, und ein Kind hatte seinen nagelneu glänzenden Ball fallen lassen, der hüpfte weg, es musste ihm nach, und eh er aufs Gleis hinabsprang, fing es ihn wieder; eine Jungmutter besaugstückte ein Fläschchen, ein älterer Mann nahm seinen Hut ab und hustete hinein.

# II

Nach sieben Minuten hielt der Vorortzug in Kleßfeld-Nord. Am Bahnsteig war neben dem Durchgang zur Schranke an einem kleinen Jägerzaunstück ein rundes, gelb grundiertes Schild befestigt, auf dem in rotem Kreis ein schwarzes Männchen die Arme ausbreitete und signalisierte: ›Hier kein Durchgang!‹

Die Oststadt-Wohnblöcke schimmerten hinter den Wipfeln der Eichen, unter denen Stefan dann eine kopfsteingepflasterte Straße entlangging. Einige der granitenen Bordsteine hatten die Wurzeln aus dem Grund gedrängt. Nach einer Ziegelwand kam eine Scheune, der Motor eines Traktors mit herabgesunkenem Frontlader tuckerte unterm Schauerdach, aber kein Mensch war zu sehen. Nur mitten auf dem Hof stand ein Huhn.

Vor der Gaststätte musste er abbiegen und eine Villenansiedlung durchqueren. Einen der Torwege hob abends eine Reihe leuchtender Kugeln hervor; das Portal eines anderen Grundstücks schwebte automatisch auf und zu, wenn unter gravitätischen Autoreifen in den Kies gefallene Eicheln knuppten. Am Ende der letzten Hecke ging er nach rechts durch einen Fußgängertunnel, der die Bahngleise unterführte, und wanderte in die Wiesen. Im Gras neben dem schmalen Sträßchen trabte ihm eine Reiterin entgegen. Erst sah er vorsichtig zu ihrem Gesicht auf, dann hörte er nur das Knarren des Sattelleders lauter werden und entschwinden. Während der letzten Jahre hatte sie ihm einige Male zugelächelt, war aber inzwischen wieder davon abgekommen.

Das Sträßchen verlief auf einem niedrigen Deich, gesäumt von Stacheldrähten, Weite und Wald am Horizont. Das Ziegengehege in der Kurve war heute leer, ein umgekippter Trog, ein Baum, ein Büschel Fell am Gatter.

Dann überquerte er die Landstraße und betrat den Schotterweg, der um den See herumführte. Vor den drei Neubauten war der Boden von Baggerspuren aufgewühlt (... die Erde, aufgewühlt wie ich ...). Und am Tor des Campingplatzes links begann der Hagebuttenweg, überwölbt von Bäumen und Gebüsch, auf dem es nach feuchtem Waldboden roch. Einatmen ... und ausseufzen ... den Unfug abschütteln ... fallenlassen ... Zwischen Linden, Holunder, Ahorn und Birken schimmerte das Backsteinhaus auf und – gut! – das Auto der Vermieter stand noch nicht in der Einfahrt. Stefan machte einen Bogen um das Vogelnest unter der Garagentraufe, passierte die Lebensbaumhecke und das Salatbeet, beugte den Kopf unter einem tiefhängenden Apfelbaumzweig und schloss die Haustür auf.

Geborgen in seiner Küche schrieb er, nachdem er das Spaghettiwasser aufgesetzt hatte, am Wandkalender in das Fach vom 16. Juli *11$^{30}$ – ÖlpSch* und markierte mit Leuchtstift den Montag, an dem er wieder zum Professor müssen würde. Aber das war noch unübersehbare einunddreißig Tage hin.

Die Bücher, Kopien, Locher, Heftleisten und die Broschüre *Wie promoviere ich richtig?* schob er auf die hintere

Tischhälfte; das neue, goldene Zahnkranzpaket für sein Fahrrad legte er fürs Erste auf den Geschirrschrank. Den kleinen Rest Rotwein, der noch in der Flasche war, verdünnte er mit Leitungswasser, streute Röstzwiebeln und quetschte Ketchup auf die Spaghetti, legte die Sonnenberg-Biographie oberhalb seines Tellers, schlug sie aber nicht auf, denn als er zu essen begann, wurde es dämmerig. Regen prickelte gegen die Scheibe.

Und die Türklingel rasselte. Stefan zuckte vor Schreck mit der Gabel, und ein Ketchupspritzer geriet auf den zum Glück schmutzabweisenden Bibliothekseinband. Draußen im Regen stand Manuel, das Gesicht von einer zugezurrten Kapuze umrahmt:

»Na, stör ich grade beim Essen? Du hast da was Rotes am Kinn ...«

Und die Leine an Manuels Handgelenk war straff gespannt. Stefan wischte sofort über alles unterhalb seiner Nase und versicherte sich kurz, dass jetzt ein bisschen Tomatenwürzsauce in seinen Handteller geschmiert war. An der Leine ... – »Hab nur grad gegessen. Komm rein. O, du hast ja den Hund mitgebracht; ob der wohl drinnen brav sein wird?« – ... beschnüffelte, vollbärtig, schwarz und nass Manuels Schnauzer einen im Gras vergessenen Gartenhandschuh.

»Na sicher! Klar bist du brav, Lenau, ne? Ich mach heute die große Hunderunde, da dachte ich, guck ich mal bei dir vorbei.«

Hundeatem in den Kniekehlen ging Stefan voran die Treppe hoch. Oben, am Geländer der engen Balustrade lehnte sein Rennrad mit abgebautem, zahnkranzlosem Hinterrad.

»Immer noch kaputt? Das stand da doch schon, als ich letztes Mal hier war ...«

»Ja, ich weiß. Ich müsste es endlich mal wieder heile machen, aber bei diesem Wetter finde ich da nie einen Anlass zu.«

Von der Leine gelassen, trappelte der Hund unter Stefans bänglichem Blick, drängelte sich in die Küche, tatzte auf dem Linoleum, über das er seine Nase jagte und schlug mit seinem Schwanz gegen Stuhl und Tischkanten:

»Aus! Raus hier, Lenau, ... Mensch, du musst mal wieder Flaschen wegbringen, deine halbe Küche steht ja voller Altglas! ... komm, Köter, da drüben gehen wir rein!«

»Ja ... ich weiß.« Stefan übernahm von Manuel, der seinen Lenau ins Schlaf- und Arbeitszimmer dirigierte, das nasse Regencape und erklärte, während er es in die Dusche hängte:

»Das liegt an meinen Vermietern: die trinken nicht, und da ist es mir immer unangenehm, sie meine leeren Weinflaschen sehen zu lassen. Das ist natürlich ein Dilemma, denn je mehr ich anstaue, desto auffälliger wird einst das Wegbringen. Wahrscheinlich werde ich durchhalten, bis die wieder auf Reisen sind. Ich glaube, im September.«

Endlich, vorm Heizkörper unter dem Fenster, in der Lücke zwischen Schreibtisch und Bett, tänzelte der Hund nur noch einmal zwanghaft um sich selbst, eh er einknickte, mit seiner Halskette rasselte, nieste und seine Schnauze auf den Vorderpfoten bettete und brav war, aber deutlich nach feuchtem Hund roch.

Keine Uhr tickte. Stefans Bett stand in behaglicher Enge unter der Dachschräge, das Bücherregal an der einzigen Wand, die bis zur Decke reichte. Die Glyzinienranken blühten noch nicht wieder und hingen vor dem Fenster wie zottige Wimpern über einem Auge, das auf die Weide und eine dichte Wand aus Pappeln blickte, hinter der die Wohnwagen und Caravans des Campingplatzes am Seeufer fast nicht auszumachen waren. Im Winter hingegen, wenn man sie spukhaft deutlich hinter dem grauen, klappernden Gezweig sah, machte Stefans Vorstellungskraft diese kaum je bewegten, auf Backsteinstapel gesetzten Mobilheime mit moosfleckigen Satellitenantennen und Geranienkästen an den Zaunlatten zu schmuddeligen, nachtseitigen Verstecken, wo Doppelleben aufbrach, Säuglingsleichen in Blumentöpfen begraben und Sexualdelikte begangen wurden.

Nach dem gängigen »Was willst du trinken?« – »Was hast du denn da?«, gab es Apfelsaft, denn der Wein war alle und »Ah, nee, für Kaffee ist es schon zu spät, das bringt meinen Rhythmus durcheinander. In der Firma ist mal wieder der Teufel los«.

Manuel wirkte verändert. Anfangs war Stefan nicht sicher, woran er das festmachen sollte; aber natürlich: seine Haare waren geschnitten, die Fingernägel kurz und frei von Schmutzrändern, er war rasiert, und anstatt des strengen Geruchs umgab ihn ein schwacher Duft von Kamillenshampoo. Leider fand er keine Gelegenheit, nach dem Anlass – äh … Die Frage war ihm auch zu gewagt, bei der Körperhygiene würde, fand er, eine Grenze der Freundschaft überschritten, und außerdem fuhr Manuel schon fort:

»Das wächst mir grade alles über den Kopf. Manchmal bereue ich echt, dass ich nicht mehr an der Uni bin.«

Sie zündeten sich Zigaretten an und saßen in Rauchschwaden, in den verstrudelnden Kringeln und Schnörkeln, die sie mit ihrem Klageduett zerredeten: Stefan rapportierte den Stand seiner »vermaledeiten Promotion«, Manuel verwahrte sich gegen Neid:

»Was heißt schon Geld verdienen. Wenn ich Tag für Tag

vorm Rechner hocke und Programme bastele, sättigt das allenfalls meinen Bauch.« Sie beschworen den Druck, unter dem sie zu stehen meinten.

»Mir hilft es manchmal, wenn ich mir ausmale, ich wäre Soldat und müsste mit faulenden Füßen in einem verschlammten Schützengraben ausharren, das Knattern der gegnerischen Maschinengewehre immer in Hörweite durch den Novemberregen. Wenn man in echter Gefahr stünde, käme man weniger dazu, sich die Gefährdetheit der eigenen Lage bewusst zu machen, alles wäre reduziert auf den festen Grund, auf dem man aber immerhin wahrscheinlich leichter Halt fände.«

Manuel hielt dem entgegen, Reduzierung aufs Elementare sei immer einfacher, und Gefahr sei ein Ausnahmezustand, in den zu flüchten albern wäre. Sie stattdessen hätten Federbetten, Wein und Internet und Zigaretten, damit müsse man fertig werden. Und daher, beharrte Stefan, fehle es ihnen eben an fundamentalem Leid, und das bringe die höheren, subtileren und verschwommeneren, grade dadurch aber besonders schwerwiegenden Leiden erst so recht zur Wirkung, bausche sie zur Last auf, unter der die beiden in eine Gesprächspause sackten. Der Hund hob seine fransigen Augenbrauen und lauschte. Der Regen schien nachzulassen.

»Und?«, versuchte Manuel die Unterhaltung wieder aufzupäppeln, »gibts denn sonst nicht irgendwas neues?«

»Och ... Ich hab heute auf dem Rückweg von der Bibliothek Carsten Löhr in der Stadt getroffen.

»Ah-ja? Ich dachte, der wohnt jetzt in London?«

»Nein!«, leierte Stefan, »er hat es nicht hingekriegt, da ist er zurückgekommen, promoviert jetzt in Mainz und es geht ihm unangenehm gut. Der beurteilt mich nach Maßstäben, die er an sich selbst anlegt und missversteht mich permanent. Literatur? Findet er gradezu blamabel. Alles, was nicht Film ist, ist im Akademischen eingekapselt, ohne Bezug zum Leben, tot, nur noch verwaltet und gilt ihm nichts. Ich hatte das Gefühl, gegen eine Wand aus Watte anzureden. Na ja, aber dann ... Eigentlich wollte ich da gar nicht drüber sprechen, aber andererseits juckt es mich unheimlich, es zu erzählen, also: Durch eine Kette dämlicher Zufälle war ich nämlich mit Carsten in so einem Reformhaus, äh, einem Bioladen, und die Frau an der Kasse dort, also, sowas ist mir überhaupt noch nicht vorgekommen, die war regelrecht hinreißend! Groß – (seine Verzückung zwang ihn, das ›o‹ melodiös zu dehnen), ein bisschen zerzaust ... Apart! Ich muss sagen, ich kann mich nicht erinnern, von einer flüchtigen Begegnung je derart betroffen gewesen zu sein!«

»Das klingt ja sehr gut, und sogar ein bisschen realistisch. Und dann?«

»Dann hatten wir sogar Blickkontakt!«

»A-ha! Und du jammerst noch! Wo war das denn?«

»Tief in der Südstadt, schon fast in ... Thedingen ist das schon, glaub ich, da jedenfalls, wo ich noch nie in Versuchung war, mich hin zu verirren.«

»Na siehst du! Du hast es gut! Sowas sollte mir auch mal passieren! Und was, äh, was jetzt? Hast du dich mit ihr verabredet? Das war ja wahrscheinlich gar nicht leicht zu bewerkstelligen, so abrupt.«

Stefan formte die Luft, die er ausseufzte, zu einem:

»Eeeeben...! Das ist nicht nur nicht leicht, sondern schwer. Was soll ich machen? Einfach so, ohne Vorwarnung ein Gespräch mit der anzuknüpfen, das bringe ich nicht fertig. Trotz aller Begeisterung hab ich mir vorgenommen, ›den

Tatsachen ins Auge zu sehen‹, würde mein Vater sagen und das Ganze zu vergessen.«

»Aber das wäre doch wirklich schade! Dafür passiert doch sowas zu selten! Wäre es so ein Erlebnis nicht wert, mal über den eigenen Schatten zu springen? Ich meine, du hast da ja nichts zu verlieren; indem du mit ihr sprichst, kannst du ja nur gewinnen! Das zu wissen ist doch eigentlich schon ziemlich beruhigend, oder?«

Lenau schnaufte und fing an, zwischen den Zehen seiner linken Hinterpfote zu knuspern. Man konnte dabei seine Hoden sehen.

»Ja. Schon. Jetzt, da ich mit dir über die Angelegenheit rede, kommt es mir auch vor, als ob es das einzig Richtige wäre, als ob schon der bloße Akt, sie anzusprechen, die ganze Fehlkonstruktion meiner Lage umschmeißen würde. Vielleicht wäre das der Schritt, dessen ich wahrscheinlich noch dringender bedarf, als mir überhaupt bewusst ist. Aber andererseits hab ich es ja versucht! Nachdem Carsten mir aufgeschwatzt hatte, so müsse man das machen, bin ich ja zurückgefahren und hab ihr sagen wollen, dass ich sie gern kennenlernen würde, nur: Es ging nicht.«

»Ja, natürlich ... Mist. Das ist aber auch eine vertrackte Sache. Und wenn du ihr zum Beispiel einen Brief schreiben würdest?«

»Das war auch mein erster Gedanke, aber ich glaube, das kann man nicht machen. Schüchtern sein ist eine Sache, aber die Schüchternheit so bequem zu missbrauchen, das darf nicht sein. Damit würde ich mich doch auch von vornherein als völlig hilflos und bedürftig hinstellen, oder?«

Mit einem Schniefer sprang der Hund auf, räusperte sich, wimmerte Manuel an und guckte unglücklich.

»Na, Hund, du willst wieder los, was? Dabei ist es hier grade gemütlich. Aber da kann man nichts machen, wenns ihm langweilig wird, gibt er keine Ruhe mehr. Na, komm, dann machen wir uns wieder auf den Weg.«

Das ging Stefan zu schnell. Nun hat er begonnen, sein Herz auszuschütten, nun hätte er es gerne auch bis zur Neige entleert. Beleidigt, dass die Bedürfnisse des Hundes Manuel mehr galten als die seinen, aber viel zu entblößt, als dass er sich jetzt auf die Schnelle verschließen könnte, sprach er, während Manuel seine Tabakpackung in die Schenkeltasche stopfte, einfach weiter:

»Was ich mir außerdem überlegt habe ist, dass ich ihr nie auf neutralem Boden gegenübertreten kann. In dem Laden ... – hier, vergiss dein Feuerzeug nicht! – ... da ist sie in so einer Lage, in der es kein Entkommen für sie gibt. Wenn ich sie da ansprechen würde, dann wäre das ausgesprochen ... – warte, dein Überzieher hängt in der Dusche, ich hol ihn – ... ungut, stelle ich mir vor, ...« Aus dem Badezimmer dröhnte Stefan seine eigene Stimme entgegen, weil er sie auf dem Weg dahin erhob, damit Manuel seinen Ausführungen weiter folgen könnte; feucht, kühl und schlapp rutschte das Regencape von der Duscharmatur. »... das wäre ungut, weil sie doch in ihrer Eigenschaft als Kassiererin gezwungen ist, mit jedem zu reden, und wenn ich sie da bedränge ...«

»Hm, ich verstehe. Na ja, das stimmt zwar, aber ein richtiges Hindernis ist das doch auch nicht. Eigentlich ist das doch sogar ziemlich egal. Jedenfalls ist es kein Grund, sie nicht zu fragen.«

Lenau wusste sich vor Begeisterung kaum zu lassen, als er angeleint wurde, und peitschte wieder mit dem Schwanz um sich.

»Du hast es gut. Lass dir das nochmal gesagt sein. Immerhin schaffst du es, dich an sowas hochzuziehen. Wir telefonieren in den nächsten Tagen, ja? Du kannst mich ja auf dem Laufenden halten, wenn du was unternimmst. Lenau! Reiß nicht so! Obwohl ..., wahrscheinlich solltest du euch beiden ein bisschen Zeit lassen, eh du da wieder hingehst, meinst du nicht?«

»Darüber habe ich auch schon nachgedacht: Vielleicht arbeitet sie da nur Teilzeit. Wünschen würde ich es mir. Am nächsten Freitag wäre wohl die Wahrscheinlichkeit am Größten, sie da wieder ...«

Der Hund an seiner Leine zog das Gespräch auseinander, das sich hier grade zum Kreis schließen wollte. Denn in dem Moment, in dem Stefan kurz davor war, von »antreffen« zu sprechen, kleidete er die Möglichkeit, seine hinreißende Kassiererin je wieder zu sehen, innerlich schon in Worte; in diesem Verbalkostüm gewann sie Kontur, schien in der diesigen Luft vor der Haustür greifbar zu werden, und prompt sprudelte wieder die paralysierende Aufregungssäule in ihm hoch. Er hätte gern von vorn begonnen zu jammern, nicht zu wissen, was er anfangen soll und die ganze Angelegenheit am besten zu vergessen. Aber der Hund zerrte, und Manuel, schon unterm triefenden Apfelbaum, wandte sich nochmal um und rief:

»Also dann, machs gut!«

Herr und Hund verschwanden hinter der Lebensbaumhecke, in Stäubungen unter den Linden. Taktvergessen plitschten Tropfen von allen Zweigen. Es roch strotzend frisch.

Meine Güte, hätte ich bloß Wein gekauft! Könnte nicht vielleicht in der Tiefe des Schrankfachs, vor dem er sich jetzt zerknirscht auf den Knien wand, noch eine vergessene

Flasche aufschimmern? Nein, nur die seit Jahren unberührte Tüte Grieß, verstreute Haferflocken und zwei angestaubte Kamillenteebeutel zwischen Spaghettifragmenten. Kein Bier im Kühlschrank, nur Ketchup, Margarine und eine mondsichelförmige Goudarinde. Kein Sonnenstrahl im Fenster, durch das der Hundegeruch noch nicht ganz abgezogen war, sondern Dunst, ein Abend, grau und nass und voller Vogelgeschrei.

Besuch macht nicht nur zweimal Freude, sondern verursacht auch zweimal Unbill, indem er die Stille zerbricht, wenn er kommt und ihre Scherben zurücklässt, wenn er weggeht.

Stefan saß am Schreibtisch, einem dunkel gebeizten Möbel mit klemmender Schublade, das sein Großvater schon vom Urgroßvater übernommen und bis zu seinem Tod benutzt hatte. Zusammen mit einer Nagelzange minderer Qualität war es auf den Enkel gekommen.

Einen Moment schwebte die Bleistiftmine über dem karierten Papier. Vom Campingplatz her rief eine Stimme, unaufgeregt, so, als sei jemandes Abendbrot zubereitet, doch nicht, als sei das Kind im See ertrunken.

*Liebe —*
*Liebe Unbekannte?* – Das wäre der Gipfel der Lächerlichkeit – *Liebe Lebensmittelfachverkäuferin?* – Unsinn, schreib einfach
*Liebe S. T.,*
– da zumindest bin ich mir ja leidlich sicher – *am vergangenen Freitag war ich zufällig in Begleitung eines Schirmmützenträgers, der, wie ich zur Verhütung einer Fehleinschätzung meiner Person betonen möchte, <u>nicht</u> mein Freund ist, in*

*dem Ladengeschäft, in dem Sie (Du?) arbeiten, nach welchem kurzen, kaum restlos freiwillig nennbaren, aber an Eindrücken so überreichen Aufenthalt DU mir nicht mehr aus dem Sinn gegangen bist.*

Das klingt fast wie ein Vorwurf.

Man fragt sich, wie andere Leute sowas machen. Wie war das mit Jennifer? Da gab es diesen Kennenlern-Akt nicht. Auf dem Schulhof, in den Pausen waren wir gemeinsam aufgewachsen. Da brauchte es nur die kleine Party im Hause Pley, Manuels Eltern waren im Urlaub, die Begegnung im Flur, als Stefan von der Toilette kam, zu der sie grade wollte; und sie hatte ihn selbstbewusst ins Arbeitszimmer von Manuels Vater gelenkt, ihm ins Ohr geflüstert, ihr Atem an seinem Hals, ihre verschwitzte Schläfe an seiner Wange, und aus dem Mund hatte sie nach einem klebrigen Likör gerochen.

Hatten wir als Schüler noch eine instinktive Bereitschaft zur Verschworenheit? Wir mussten nie darüber nachdenken, wo wir ansetzen sollten. Erst als Jennifer für ihre Ausbildung zur Physiotherapeutin nach Hamburg gezogen ist, wurde es schwierig. Es war selbstverständlich, dass wir uns auseinanderentwickeln würden. Oder war ich es, der abgeglitten ist, weil mir mit ihrer Nähe, ihren Ansichten und Wünschen mit einem Mal Nähe überhaupt brenzlig vorkam? Kann mir der Instinkt abhanden gekommen sein? Wir haben uns getrennt, als ich dreiundzwanzig war. Und jetzt werde ich bald zweiunddreißig und – ›den Tatsachen ins Auge sehen!‹ – satte neun Jahre allein gewesen sein. Das kann man wirklich keinem erzählen. Die sind im Flug vergangen. Und während Jenni sofort meinen Nachfolger hatte, in Hamburg, kam bei mir nichts mehr ... nur schließlich Andrea, die klein war, neben mir saß im Seminar. »Bist du auch allein?« – »Ja, ich auch; lass uns *mal* was zusammen unternehmen.«

Aber dann – »weißt du, ich find dich schon gut, aber ich bin nicht verliebt in dich ...« – wollte sie nicht. Und ich hatte nur gewollt, weil ich dachte, sie wollte und ich müsse mir einen Ruck geben. Einmal allerdings, unerwartet, am Abend bevor sie weggezogen ist, war ihr, nachdem sie zu viel getrunken hatte, in den Sinn gekommen, mir anzutragen: »Komm, bleib hier über Nacht! Komm, hier ins Bett, komm, zieh das aus.« Die Halbherzigkeit, mit der wir zueinandergerückt waren, hatte mich so beklemmt, dass ich versagt habe, nicht einschlafen konnte und im Morgengrauen die zwölf Kilometer zu Fuß nach Hause gegangen bin.

Die Erinnerungen an diese Bekanntschaft böten passende Interieurs für einen trostlosen Roman: Vormorgens ein bläuliches, behaartes Frauenbein in einem Wust von leise schnarchenden Bettdecken, das aussichtslose Gerufe nach einem ungezogenen Hund in gähnender Ackerlandschaft und unsere Gesichter mit rotweinverfärbten Mündern, von Musik übertönt im Dunkel einer Tanzveranstaltung.

Und dann war das Gotthilf-Heinrich-von-Schubert-Kolloquium in Dresden, kurz nach Stefans achtundzwanzigstem Geburtstag. Am Abend hatte es ihn, gemeinsam mit drei absurden, krawattentragenden Kolloquiumskollegen zum Sommerfest der Kunstakademie verschlagen. Stefan hatte ins Licht einer Ausschankbude hinauf gestarrt, wo an einem nackten Oberarm die Muskeln zuckten, als die dazugehörige Hand ein Glas über die Spülbürste stülpte. Helle Augen unter feschen fastschwarzen Haaren erfassten ihn kurz, das Blöken eines seiner Kollegen lenkte ihn ab, und überraschend stand dann das Mädchen (also die Frau. Frau Mädchen. Maid ... Und Ische haben ganz früher im Dorf die älteren Jungen gesagt) im bierfleckigen Turnhemd neben ihm, war hübsch und sagte »Hei!« Ein schockierender Triumph. So einfach konnte es sein! Vor lauter Andrea und bestimmt auch, weil mir dieser Mangel an Komplikation unerhört vorkam, habe ich sie mehr oder weniger abgewimmelt. Und dabei war sie nett und interessant gewesen.

Dumm ... Verfahren ... Selbstgehässig schob Stefan auch das Wort krank wie einen Kieselstein in seinem Mund herum.

Der Gipfel war, dass ich mich letztes Jahr bei der Weihnachtsfeier des Literaturwissenschaftlichen Seminars, bei der Ölpenauer-Schmitz natürlich ein Kammerorchester auftreten lassen musste, von der volltrunkenen lesbischen Bratschistin – wie hieß sie noch? Marina Li... Lippert, glaub ich – habe küssen lassen. Und diese Lappalie war Anlass genug, mich ihr gegenüber zum händeringenden Affen zu machen. Vermutlich fand sie mich bestechend unmännlich ... Ein Bild, das sein Gedächtnis ihm zu der Szene anbietet, ist so verwischt, dass es ebenso gut einem Traum entstammen könnte, denn seine Scham hatte emsig daran herumradiert: Einige Gehwegplatten, die von den vielen in sie hineingeschnitzten Schriftzügen aufgerauten Planken einer Parkbank vor einer Ligusterhecke und im Laternenlicht Marinas Wanderstiefel, verschwommen in Tränen. Er schüttelte sich jetzt noch mit gequält zugekniffenen Augen, so peinlich war es, vor ihr geweint zu haben. Dabei wollte ich auch von der gar nichts, ich wollte nur wollen und wollte, dass sie wollte.

Aber alle diese Erlebnisse haben sich ohne mein Zutun ergeben. Womöglich war genau das immer mein Fehler. Anstatt etwas aufzubieten, mich zu ändern und zu entwickeln, bin ich immer tiefer in fügsamer, ratloser Untätigkeit versackt.

Aber es braucht Veränderung! Und Entwicklung! So darf es nicht immer weitergehen! Es braucht, es braucht ... Den Druckbleistift zwischen seinen Fingern, in der Glut gängiger Vergleiche wie *den festgefahrenen Karren aus dem Dreck ziehen* und *sich selbst am eigenen Schopfe aus dem Sumpf herausbiefen* schrieb er:

*Liebe S. T.,*

*hier, nachdem ich am vergangenen Freitag an der Seite eines flüchtigen Bekannten in den Bioladen am Wickriederplatz geraten war, wo Sie – bestürzt, verwirrt musste ich es feststellen – mir als ausgesprochen sympathisch scheinend aufgefallen sind, behauptete ich gern, ich ließe es mir angelegen sein, doch das Bedürfnis – ich kämpfe mit der Versuchung, es einen Drang zu nennen – liegt mir an, ohne dass ich es willentlich gewählt hätte, oder immerhin mir dessen bewusst wäre, Ihnen ein paar Zeilen zu schreiben.* – Das wirkt leider ein bisschen geschraubt ...

Dabei ist es eigentlich nicht wahrscheinlich, dass sie nein sagen würde. Nein sagt man doch gemeinhin nur in dringenden Fällen. Würdest du nein sagen, wenn dich eine Frau um ein Kaffeetreffen ersuchte? Außerdem wüsstest du, selbst wenn sie nein sagte, wenigstens, woran du mit ihr bist.

Womöglich fürchte ich sowieso eher, dass sie ja sagen könnte, denn dann würde der Eiertanz erst richtig losgehen. Denn dann ... – zögerlich verdunkelte sich die Wiese zu Zwitschern, und es brodelte in seinem Thorax –, ... wenn ich sie fragte und nicken sähe, würden wir uns treffen, am nächsten Tag vielleicht noch nicht, sondern erst am Sonntag, in einem Café, dort in Thedingen, in einer Seitenstraße des Wickriederplatzes gibt es doch bestimmt ein Café mit weißen

Plastikstühlen unter einer gestreiften Markise. Die Beine ihres Stuhls schaben übers Kopfsteinpflaster, als sie ihn zurückzieht und sich an einem der runden Tischchen mir gegenüber setzt.

Wie ist sie angezogen in Zivil? Gebatikt, hippiehaft? Oder ganz schlicht? Ein Top mit Spitzenträgern oder eine Bluse? Eine weiße Bluse, die oberen Knöpfe offen, eine Korallen- oder eine bunte Holzperlenkette schimmert auf ihrer Haut, in der Nähe ihres Schlüsselbeins ist ein Leberfleck zu sehen. Die Träger ihres Büstenhalters zeichnen sich unter dem dünnen Leinen ab, eine etwas zersplissene Haarsträhne sinkt ihr ins Gesicht und wird von ihr mit vorgeschobener Unterlippe weggepustet.

Und dann kommt kein Gespräch in Gang, trotz bestem Willen. Zumindest beginnt es schleppend, und danach schwärmt sie von ihrem letzten Urlaub in einem kroatischen Disco-Dorf, oder, wahrscheinlicher, in einer ökologischen Landsiedlung mit ganzheitlichem Yogaseminar.

Ausgelaugt versuche ich die Sprechpausen aufzufüllen und schwatze, um mich in meine Rede einzuhüllen, während sie immer träger und nachlässiger wird: »Was? Ja-ja, *Bobby Dick* würde ich auch total gern mal lesen.« Unbeirrt brabbele ich ihr von meiner Magisterarbeit vor und lamentiere: »Mein Doktorvater will, dass ich jetzt was über Sonnenbergs *Donatoa* mache, dabei habe ich von vornherein kein gutes Gefühl damit, das wirkt alles so unbefriedigend und nutzlos.«

»Naja«, wiegelt sie mich spitz ab, »das wird doch aber seine Gründe haben, wenn dein Doktorvater das so will. Denk mal an die Leute, die arbeiten gehen müssen, die müssen auch machen, was der Chef ihnen sagt, auch wenn ihnen was anderes lieber wäre!« Und als ich im Zuge einer gestenreichen Verteidigung meinen Eiscafé umstoße, der sich auf meinen Oberschenkel ergießt, prustet sie befreit und kann gar nicht mehr aufhören zu lachen, weil ihr mein Malheur eine Genugtuung verschafft für diese zerronnene Stunde, denn sie findet mich genauso blöd, wie ich sie.

*Liebe S. T.,*
*es muss bei Dir einen von vorneherein dubiosen, wo nicht gar bedenklichen Eindruck erwecken, wenn ich hier, anstatt freimütige Rede an Dich zu richten, mich Dir durch eine Sperre aus zu Stacheldraht verdrillter Schrift bemerkbar mache. Leider verkantet die Rede sich, wenn ich sie darbringen will, in meinem Hals, so dass, da ich Dich äußerst gerne ›kennenlernen‹ würde, mir nichts weiter bleibt, als Dir diesen Stacheldrahtsalat zur Lektüre anzubieten.*

Die Anführungszeichen setzte Stefan übermütig im Nachhinein und schmunzelte darüber, wie zwischen ihnen das ›kennenlernen‹ als Euphemismus für ziegenbockige Begierde auftrat.

Wahrscheinlicher ist sie, da sie in einem Reformhaus arbeitet, ein bisschen esoterisch. Und dann würde ich am Liebsten gleich wieder weggehen, würde es aber natürlich nicht wagen und mir ihr Predigen über ayurvedisches Essen, Horoskopie, die Lust des Tarotkartenlegens und Heilen mit Steinen anhören müssen. Jedenfalls ist sie bestimmt sehr umweltbewusst. Und darauf kann man ja eingehen. Gegenentwürfe zum Leben mit Konsumierauftrag als Hauptzweck finde ich auch gut. Aber sie müssen radikal sein und nicht modisch-bequemlich und lau. Sind sie aber radikal, dann sind sie zweischneidig ... Die Frau – wie hieß die noch? –, mit der zusammen ich im zweiten oder dritten Semester ein Referat vorbereiten musste ... Wir haben uns bei mir getroffen und sie hat gesagt, ich solle mehr rauchen, denn sie würde sich die Schuhe ausziehen wollen, hätte sich aber schon seit drei Wochen nicht waschen können, weil das Wasser in ihrem Bauwagen gefroren sei ... Könnte ich so etwas wollen? Wer weiß? Wer-weiß-wer-weiß-wer-weiß ...

Überdreht saugte Stefan an der metallenen Radiergummikappe seines Stifts und erzeugte mit der Zungenspitze am Gaumen leise Schnalzlaute:

*Liebe S. T.,*
*denk bitte nicht, ich sei ein feiger Wicht, da ich mich hier nur auf Papier zu schreiben Dir befleiße. Gern spräche ich Dich an und dann, vergossen in ein ›wir‹, wär unser ein Gespräch, umhüllt von Kaffeeduft.*
*Doch eher noch, als ich die Luft durch meine Glottis brummen ließe und mit Zunge und Lippen zu Worten schmiedete für Dein umsommertes, mit Deinem Blick verzwirntes Ohr, könnte ich mir ein Adynaton zusammenreimen auf die Unmöglichkeit, in Deine Nähe zu geraten ...*

Er beugte sich weiter vor, als würde er in die Lichtlache der Schreibtischlampe ganz hineinkriechen wollen. Hingerissen klopfte er mit der Metallkappe gegen seine Schneidezähne, wenn er den Stift absetzte, aus dem flink eine Wörterliste – *einander, Mäander, Zander, Salamander; kriegen, biegen, gestiegen* – floss. *Eher geht ein Kamel durch ein Nadelöhr*, als dass der bängliche Bursche eine Fremde anspricht. *Eher ...* hm; *eher werden* ... Ziegen? Züge? *Eher wird ein Schaffner seinen Zug versäumen* ... hm-hm-hm-hm *beiseite räumen ...* Vielleicht Bahngleise: *Eher werden Gleise sich wie Kobras* bäumen ... Nun dauerte es nicht mehr lange, bis ein kleiner Worterguss zusammengepuzzelt war:

*Adynaton*

*Eher werden Gleise sich wie Kobras bäumen,*
*und Häuser tanzen Samba miteinander,*
*auf Straßen, die wie Biere schäumen,*
*dem Feuerzeug entschlüpft ein Salamander,*
*posaunt und schwingt sich auf zur Niederfahrt;*
*eher wird es meiner schwanken Wesensart*
*entsprechen, eine Promotion zu schreiben*
*(eher lass ich es am Ende heimlich bleiben,*
*mein Lebensfilmband wird zurückgespult),*
*und Du sogar, S. T., wirst Sehnsucht kriegen,*
*wirst selbst es sein, die um mich buhlt*
*und warten, bang vor meiner Tür, bis ich treppab gestiegen:*
*Du wirst mich unversehens an Dich zerrn,*
*eher, als dass ich aus eigner Kraft Dich kennenlern.*

Es machte nichts, dass ihm die Verse morgen nicht mehr gefallen würden; flott niedergeschrieben lullten sie ihn ein in die billige Befriedigung, etwas fertiggemacht zu haben. Zudem schien von der gereimten Verinnerlichung so etwas wie ein homöopathischer Effekt auszugehen, denn wenn wir die Unmöglichkeit eines Vorhabens eindeutig vor uns hinstellen, wird sie verlässlich; sie schiebt die beunruhigenden, schwammigen Hoffnungen beiseite und verfestigt sich zu einem Stein, auf den man sich setzen und Mut schöpfen kann.

Euphorisiert nahm Stefan eine Pappmappe aus dem Fach hinter der linken Schreibtischtür, steckte die Briefentwürfe und das Gedicht zu den übrigen Briefentwürfen, Notergüssen aus Überdruckventilen, Wortlisten und Einzelversen auf Rückseiten von Kassenzetteln und erwartete nun, da um seine Unruhe ein Kreis aus Worten gelegt war, den kommenden Freitag gelassener:

Ich werde also im Reformhaus stehen, sie kommt auf mich zu, lächelnd vielleicht, mich wiedererkennend und aufmunternd. Ich erkläre ihr umschweiflos, dass sie mir während der ganzen Woche *nicht aus dem Kopf gegangen* ist, dass ich sie *gern kennenlernen* würde. Und sie nickt, sie sagt: »Ja« – »Ja, klar« – »Ja, ich dich auch« – »Ja-ja, gerne – »... *sehr gerne!*«

Ja, sie will, und das Räderwerk beginnt sich zu drehen. Ich stürze in den Trichter dieser grausamen Mühle, die mich zerkleinert und als einen anderen Stefan, der dem Anschein zum Trotz nicht mehr ich sein wird, wieder zusammensetzt. Ihr gegenüber auf dem weißen Plastikstuhl zünde ich mir zu meinem Eiscafé eine Zigarette an, und sie ruft:

»Igitt! Du rauchst?«

»Ja, natürlich, sehr gerne sogar. Das stört dich doch hoffentlich nicht.«

»Nein, wir sind ja draußen, und du kannst mit dir ja machen, was du willst. Aber rauchen ist ganz schädlich – und eine Sucht!«

»Warum muss jetzt das Rauchen immer verteufelt werden? Für mich ist es eins der letzten Rituale, die in unserer absonderlichen Gegenwart noch überdauern, es rhythmisiert die Zeit, gibt Struktur und nötigt zum Innehalten. Vor allem schmeckt es gut. Und ich habe den Eindruck, verdammt wird es gerade, weil es irrational ist, denn der gegenwärtige Mensch soll vor allem funktionell sein und nur gut finden, was ihn nachhaltig zum Verbrauchen befähigt. Rauchen soll man also auf keinen Fall, aber verarmen zum Beispiel und aus Mülleimern essen müssen oder ohne Geschwindigkeitsbegrenzung auf der Autobahn fahren darf man getrost, zu schweigen überhaupt von Autos, Flugzeugen, von Plastik und Weichmachern, Pestiziden, Süßstoffen und allen Arten von Abgasen, die erwiesener Schädlichkeit zum Trotz abgesegneter Bestandteil unserer Tage sind. Seit in Europa geraucht wird, sind Religion, Wirtschaft und Ideologie nachdrücklich dafür oder dagegen. Schon 1790 mäkelte Kotzebue über das Rauchverbot in Pariser Kaffeehäusern! Dann hat man das Zigarettenrauchen mal wieder aus wirtschaftlichen Gründen geschürt, bis es übertrieben wurde. Und jetzt ist es so lange verpönt, bis es wieder opportun sein wird.«

»Aber ich versteh dich nicht, man weiß doch, dass das schädlich ist. Außerdem stinkt es.«

Wie bestellt und nicht abgeholt standen die Wochentage herum: Sonnabend und Sonntag mit geschwollenen Augenlidern, abstehenden Haaren und verkrustetem Speichel an den Kinnen hielten sich abseits; Stefan hatte vergessen, den Radiowecker auszuschalten, aus dem es von Karatschi zu erzählen begann und von den starken Regenfällen in Le Mans, als die Leuchtziffern auf 10:00 sprangen, Leuchtziffern, rot wie der Montag in seinem Sakko, der vor Langeweile versuchte, mit Tomaten zu jonglieren; der Dienstag trug einen blauen Frack, der Mittwoch fuchtelte in gelber Weste mit einem Strauß Butterblumen herum; nachts gab es ein Gewitter, Wind und Wolkenbruch, dann richtete sich in einem Jägerkostüm der Donnerstag auf und präsentierte wieder Stefans Wecker, aus dem eine Stimme verkündete, heute sei Sommeranfang – In der vergangenen Nacht ... – Überschwemmungen – ein Dachstuhlbrand – Brücken eingestürzt – auch andernorts – von Wassermassen weggerissen ... – Klimawandel – Erwärmung – Eiszeit – Polkappen schmelzen – Transpolardrift – zum Erliegen – Golfstrom – dramatische Konsequenzen – Mikroorganismen im Permafrostboden – sie wachen auf, und als sie beginnen, Methan zu produzieren, öffnete auch Stefan seine Augen.

All diese herumstehenden Tage schubste dann der Freitag beiseite, ein Clown mit geflickter Hose, zu großen Schuhen und Blume am Hut, als er aus dem Futur ins Präsens schlitterte.

Und mittags, kurz vor zwölf, ging Stefan in Thedingen auf die Ampel zu. Es war sonnig, aber nicht sonderlich warm. Zwischen seinen Lippen fühlte er den sanften Gegendruck des Zigarettenfilters. Der Daumen ratschte übers Reibrädchen am Feuerzeug, nochmal, nochmal, bis ein Funke das Gas bespring und eine Flamme an der Spitze der tabakverstopften Hülse leckte. Stefan saugte; er entließ ein erstes, wenig dichtes Dunstband aus seinem Mundwinkel, saugte erneut und öffnete der gewonnenen Portion konzentrierteren Rauchs seinen Kehldeckel.

Die Ampel sprang auf grün: Also los!

Bei der Sparkasse bog er links in die kleine – *Gernotstraße*, richtig – ein. Zwei Reihen Jungbäume, von denen noch keiner weiter als bis zu den Fenstern der zweiten Stockwerke hinaufreichte, wuchsen zwischen parkenden Autos aus Unkraut- und Hundekotzonen der Sonne entgegen, die scharfkantige Schornsteinsilhouetten von den Dächern der einen Straßenseite an die Fassaden der anderen warf. Durch ein grünes Plastiknetz, mit dem das Baugerüst verhängt war, ahnte – und roch man – einen aufgebrochenen Hauseingang. An der nächsten Ecke war im kleinen Schaufenster der Boutique nur eine Abendrobe und ein gefiederter Hut ausgestellt.

Stefan hat es immer schön gefunden, Mädchen (also Frauen) rauchen zu sehen. Er stellte sich die Brustkörbchen transparent vor, die fragilen Lungenflügel mit Qualm gefüllt, mit sich kringelnden Strudeln, pseudofloralen, fraktalen Spiralranken. »Aber Vorsicht mit der Pille, das gibt Thrombose! Besser ist dann die Spirale«, hatte er neulich zwei junge Frauen tuscheln hören, die an ihm vorbeigekommen waren, als er vor dem Sprechzimmer von Ölpenauer-Schmitz hatte warten müssen. Nun formte sich am Wort *Spirale* der Rauch zu Spiralnebeln und kreiselnden Galaxien, an denen er vorüberschwebte, verloren in universaler Leere – ein Nichts.

Von diesem weit entfernten Standpunkt aus wirkten anonym gereckte Mädchenkörper, die ihm in den Sinn kamen, wie gehäutete Katzen oder Kaninchen. Die dünnen Rippen, ein weicher, membranartig eingefallener und auf Dehnbarkeit ausgelegter Bauch. Alldem kam Stefan sich so entfremdet vor, dass auch diese Körper zu Ornamenten verwirbelten, die man betasten durfte, weil sie ausgedacht waren, eine unwirkliche Schnitzerei, die bezaubern mochte, zu der Zugang zu fordern jedoch hirnrissig wäre.

Aber warte! Es geht doch nicht darum, dir einen Körper zu ergattern, sondern darum, eine Person kennenzulernen. Wie musste man das mit dem Universum nochmal sehen? Alles ist verschwindend, wesenlos darin; wir sind Staub, nichtig, selbst verantwortlich, und es gibt keinen Grund, sich zu fürchten?

Stefan zertrat seinen Zigarettenstummel auf dem Asphalt

vor der Boutique und ›fasste sich ein Herz‹, als fände man neue, mutigere Herzen feilgehalten in den Holzregalen feuchtwandiger Kellergeschäfte, wo es nur zuzugreifen gälte.

Er näherte sich dem Reformhaus von der Seite her und tat, als betrachte er die Fruchtsäfte in 250-Milliliterpackungen, die Trockenobst- und Nussmark-Schnitten in den Drahtgestellen vor der Glasfront, durch die er heimlich aus dem Augenwinkel spähte: Keine *S. T*\*\*\*\*\*! Nur der dicke Drachen war drinnen zu sehen, hockte, Locken vorm Gesicht, über einem Karton und bestückte ein Regal mit bunten Päckchen.

Gut. Fast beruhigt, in zuendebringerischem Eifer beschloss Stefan, trotzdem, vielleicht sogar jetzt erst recht ein Tetrapäckchen dieses rotwangigen Gesundheitssaftes zu kaufen, nur um seine Pflicht zu tun. Wenn sie nicht da war, nun, dann konnte er sie auch nicht fragen ...

Mit der Tür stieß er die Klingkordel an, schritt auf die Kasse zu und stellte seinen Saft ab. Der Drachen war hochgeschreckt: »Guten Tag!«, räumte aber einfach weiter. Und Stefan, fest auf die Auseinandersetzung mit dieser schweren, strubbeligen Frau eingestellt, war zunächst gar nicht willens, die Kittelbewegungen im Durchgang zu dem Hinterzimmer zu bemerken. Erst, als, von der Seite her, vorbei an den biodynamischen Backwaren in den Fächern unter Plexiglasabdeckungen sich die Bewegungen zu Größe verdichtet und blondiert hatten, erkannte er – *sie* und rief aufrichtig verdattert:

»Ach! Hallo!« (Das »Hallo« betonte er nicht nur jambisch, sondern zog das »o« auch unschön in die Länge.)

Sie schmunzelte anscheinend, ihre Wangen wurden fleckig; geschickt bediente sie mit ihren Fingern die Kasse, die geölte Klackgeräusche machte, rasselte und die Geldlade aufspringen ließ. Das Wechselgeld gab sie schwungvoll in seine ausgestreckte Hand, entweder hastig, oder bedacht darauf, ihn nicht zu berühren, jedenfalls so, dass ein Zwei-Cent-Stück über den Tresen tanzte und beinah zu Boden gefallen wäre.

»Hhh!« inhalierte sie stimmhaft und hauchte: »Entschuldigung!«

Und Stefan kreischte:

»Macht nichts!«, raffte sein Geld und sein Säftchen zusammen, huschte hinaus aus dem Geschäft, huschte nach links weg, obwohl es rechts zur Stadtbahnhaltestelle ging, aber dann hätte er an der Fensterfront entlang gemusst, unter ihren Blicken entlang, und er hatte wieder ihren Namen nicht lesen, wenigstens nicht in sich aufnehmen können.

»Ich – ich …« Ein Wort, einen Satz, mehr bräuchte es nicht, eine Brücke zu ihr hinüberwachsen zu lassen. Eine einzige, lächerlich leicht stellbare Frage, auf die sie am Ende vielleicht sogar wartet, sprengte diese Mauer, überflügelte diese unsichtbaren Dardanellen, und alles, was ihn hindert, sie zu stellen, ist nichtgreifbare, dumme, stockige Scheu!

Beruhige dich erstmal, es ist noch nichts verloren. Mach einen kleinen Umweg, einen Spaziergang, dort ins Straßennetz hinein; es ist noch nichts verloren; beruhige dich. Ein spitzwinkliges Dreieck aus Sonnenlicht zeigte an einer Hauswand hinab, aus deren Hochparterrefenster Kotelettgeruch in die Straße sickerte, und der Magen des ruhelechzenden Spaziergängers, den das bisschen Saft höchstens angestachelt hatte, zog sich gluckernd zusammen. Ständig beschattete Nischen hinter den Mülltonnen waren immer noch feucht. Eine Frau schüttelte ihr Geschirrtuch aus dem Fenster; man hörte Krümel in die Cotoneasterbüsche rieseln. Na, da können wir uns aber glücklich schätzen!, werden die letzten Spatzen und Meisen und Amseln jetzt denken. Und an der Kreuzung stand Stefan im T-Shirt, sein kariertes Hemd über die Büchertasche gehängt, für einen Augenblick bis zu den Füßen in Sonne.

Wenn ich nun wenigstens wüsste, wie sie heißt. Das wäre immerhin ein winziger Fortschritt. Es ist ein Jammer. Diese schwunglosen Filzstiftbuchstaben auf ihrem Brustschild, zu stark aufgedrückt, ganz konzentriert darauf, sich nicht zu verschreiben, wirken so um Deutlichkeit bemüht und verschleiern sich in den ungewohnten Attitüden einer *Vereinfachten Ausgangsschrift*, so dass ich wieder nur Striche, Winkel, Kreisbögen gesehen, aber nichts erkannt habe. Ob sie das selbst geschrieben hat? Ach nein, bestimmt hat ihr der Drachen am ersten Arbeitstag einen gestärkten Dienstkittel und darauf das Schildchen über einen Tisch hin zugeschoben. Dabei wäre der Name schon ein Haupttor zum Vorhof ihres Charakters. Heißt sie Svava, Svana, Sylvana? Oder Sintha? Seija? Sirina? Oder verzehre ich mich, ohne es zu ahnen, nach einer Silke, einer zungenlähmenden Susanne, gar nach einem etepetetigen Sabriiina-Krietschen? Komisch, obwohl man sich seinen Namen nicht wählt, ist er so einflussreich. Er zeigt, welchen Geschmack die Eltern hatten, aus was für einem Stall man stammt. Und wie sollte man eine Frau sympathisch finden oder gar lieben, wenn man ihren Namen nicht mag? Sina zum Beispiel wird für mich immer ein Inbegriff von Bravheit, apfelsinigem Strahlepötergehorsam, Sanostol und süß im Tüll-Tutu und Altersvorsorge sein. Oder vertue ich mich da schon wieder und sitze beim Versuch, Struktur zu entwickeln, einer unnötigen Schranke auf? Wie sehr mag auf eine Susanne das Susanneheißen wirklich abfärben und ihr Wesen beeinflussen? Was macht mich so Stefan, dass es mir als Bruno oder Theodor abginge? Es wäre doch nicht ausgeschlossen, dass einst sogar eine Sina mich eine neue, höhere Meinung von ihrem Vornamen lehren könnte.

Andererseits hat man so oder so individuelle Auswahlkriterien und sucht, heißt es doch, im Anderen nach Ähnlichkeiten mit sich selbst. Mir fällt es schwer, Attraktivität wahrzunehmen, wenn sie überschminkt ist, wenn Wangen, Wimpern und Augenlider hinter einem nivellierten Ideal von Standardweiblichkeit verborgen werden. Warum sollten also nicht Namen ein Kriterium sein? Wer weiß, was ich in einem Namen zu erkennen meine? Und bin es nicht ich, auf den es hier ankommt?

Hier ging er nochmals links – dann ziehe ich durch das ganze Viertel einen Bogen, bis ich wieder auf eine Haltestelle stoße.

Sie würden sich erst abends treffen, wenn es schon dämmert und Windlichter auf den Tischen des Cafés flackern. Das Lächeln, mit dem sie im Laden »Ja, klar, gerne!« gesagt hätte, ließ er jetzt breiter gewesen sein und ihre sinnekitzelnd schiefen Zähne zeigen.

Ich bin schon da, bringe mich an einem der Tische in Position und rauche. Als sie aus dem Dunkel auftaucht und verwundbar lenkerschlenkernd ihr klappriges Damenrad bremst, tue ich so, als würde ich sie noch nicht bemerken. Erst, nachdem sie sich gebückt hat, um es am Schutzgitter eines der straßensäumenden Bäume anzuschließen und ein klein wenig befangen, aber sehr aufrecht nach mir Ausschau hält, winke ich ihr zu. Ihre Haarfarbe harmoniert mit den Biergläsern, die vor uns hingestellt werden. Ihre Haare, an den Spitzen lieblich gesplisst, glimmen, eine flusige Korona, im Licht. In ihren

Augen lodert die Flamme des Feuerzeugs, das sie aus einem buntgeknüpften Futteral gezogen hat, und meine Glut, gespiegelt, vermehrt von unseren Weingläsern ... – Ja, Wein ist besser.

Sie hat studiert, aus Überdruss am Universitätsbetrieb sich in diese Anstellung zurückgezogen, nur vorübergehend. Französische Literatur ... Spanische ... Spanien ... Sie wandert aus nach Spanien und nimmt mich mit. Im Bikini steht sie vor Felsschroffen, Sand und Meer tropfen aus ihren Haaren ... und die Zikaden, das biergelbe Gras ...

»Entschuldige, ich bin vor Aufregung völlig darüber hinweggekommen, dich zu fragen, wie du heißt.«

»Saskia, *Saskia Tatler*, und du?«

»Ich? Stefan.«

»Und weiter? Oder ist das geheim?«

»Äh, nein, natürlich nicht: Schliefenbeck. Ich lass meinen Nachnamen nur gerne unter den Tisch fallen, weil ich ihn nicht sonderlich schön finde.«

»Aber doch! Das ist doch sehr schön, ›Stefan Schliefenbeck‹ ... Ich finde das unüblich, ich meine, das ist doch immerhin kein Allerweltsname.«

Ich erzähle von meiner Promotion. Sie langweilt sich nicht, ich schäme mich nicht. Wir sprechen über Literatur, über melancholische Phantasmagorien, schwermütige Wanderbücher, magnetische Träume in lieblicher Bläue. Samt blechernem Kirchturm stellen wir das neunzehnte Jahrhundert in ein ländliches Nachmittagslicht. Schotter knirscht unter den Kutschenrädern, tief unter den Wolken mölmt am Horizont eine Dampflokomotive vorbei. Die Zuckerfabrik verseucht den Mühlbach, das Bleibende reibt sich an Verwandlungen, die wie ein bewusstloser Rausch über uns hinziehen und geschluckt werden, noch ehe sie wahrgenommen sind.

»Das machst du? In alten Lexika nach Autorennamen und Buchtiteln graben, sie fernleihen, fotokopieren und zu Hause durchlesen? Warum?«

»Ich glaube, ich mag Worte, Wortreihen, wenn sie meine Erinnerung stimulieren, wenn sie mir helfen, etwas wiederzuerkennen und neu wahrzunehmen. Und ich finde es ungemein befriedigend, Texte zu entdecken, die sich noch nicht so sehr an der allgemeinen Zurkenntnisnahme abgenutzt haben, auch wenn sie meistens nicht durchgängig spektakulär sind. Natürlich gefallen mir die Gedichte von Brentano und Heine. Aber wenn ich ein Stück von einem Haug, Ortlepp oder Marggraff aufstöbern kann, an dem nur ein zufällig verglückter Vers mich bestrickt, dann … hm … Wahrscheinlich ist das so ähnlich, wie man es sich bei einem Archäologen vorstellt, der Reiz etwas aufzuspüren und nach Langem als erster … – eine ziemlich diffuse Ersatzbefriedigung.«

»Schreibst du denn selbst auch?«

»Nein-äh, ich probiere es immer mal wieder, aber bei mir ergibt sich nichts. Oder vielleicht sind nur meine Erwartungen zu hoch, und der Selbstekel liegt immer auf der Lauer.« In der Schrecksituation eines Gesprächs würde ich das nie so ausdrücken können.

Auch sie liebt die langgestrichenen Schreie einer Violine. – Nein, das ginge zu weit. Sie mag natürlich Weltmusik, Brass und Libertango. Doch ich höre nicht abfällig darüber hinweg, ich gucke interessiert, nicke, gestehe, ich kenne das alles überhaupt nicht, und es zeigt sich, dass wir die Vorliebe für Tristes teilen, für Saudade und Soledad.

Gesprächig brechen wir auf, um in den Merckendahler

Gärten spazieren zu gehen. Wir steigen über den Maschendrahtzaun. Auf der Brücke hangelt sie sich geschickt an der stachelbewehrten Klettersperre vorbei. Mittlerweile ist der Himmel tiefes Lapislazuli und Lichtpunkte, vereinzelt, fern, in zweigeverdeckter Schwebe. Indem wir reden, gehen, kommt es vor, dass unsere Handrücken einander streifen. Als sie auflacht über einen Einwand von mir, versichern ihre Finger sich meines Unterarms. Es ist so mild, dass ich spät abends noch kurzärmlig bin.

Aber zwangsläufig bedeutet das alles nichts.

Sie verabschiedet sich übereilt, weil sie doch nicht mit dem Fahrrad gekommen ist und noch die letzte Bahn erreichen muss. Und nach diesem Abschied kann ich mich fragen, ob nicht in den wenigen aufgeblühten Momenten die Beziehung schon alles gegeben habe, unbeschwert, ununterwühlt vom Alltag, an dem Schnarchgeräusche die Nachtigall übertönen würden und wir mit Grimassen vorm Badezimmerspiegel Zahnseide in unsere Gebisse fädelten.

»Noch einen Monat, dann bin ich weg. Ich wandere aus«, hat sie gesagt, selbst ein bisschen bestürzt, lauernd auf meine Reaktion, sicher, dass sie von diesem Entschluss nicht mehr abrücken würde, aber besorgt, dass sie es wollen könnte. Im Bioladen arbeitet sie nur, um vorher noch ein bisschen Geld anzusammeln. Wohin wandert sie aus? Nach Australien, und nur ich habe ihr meine Telefonnummer und mich in ihre Hand gegeben. Dann meldet sie sich aber tatsächlich noch einmal, und ich kann vor dem Wiedersehen bangen: Sie wird sich nun letztlich doch als doof und oberflächlich erweisen. Warum ausgerechnet nach Australien, in so ein verschlissenes Exil? Eine Postkartenansicht von vergilbtem Gras, ein Wohnmobil vor bronzierten Bergen, und ein Wombat hoppelt vorbei. Aber wohin sonst? Thailand? Indien? China? Nigeria oder Norwegen? Und wenn gar nichts mehr von ihr käme, wenn es mit diesem einen Treffen sein Bewenden hätte? Ich bleibe ohne jedes Zeichen von ihr! Sie hat aufgehört, in dem Laden zu arbeiten, und niemand weiß, wo sie ist. Sie verschwindet so vollständig, dass ich mich werde fragen können, ob wir uns überhaupt wirklich begegnet sind, oder ob ich mir auch das nur eingebildet habe. Keine Enttäuschung, keine Erleichterung. Das ist die höchste Schwierigkeitsstufe. Aber eines Tages, als ich nichtsahnend zu Hause bleibe, meine dümmliche Herpesschnute mit Zahnpasta betupft habe, im Bademantel ungeduscht am Schreibtisch sitze, und Tropfen gegen die Fensterscheiben fallen, klingelt es, ich öffne, und draußen, wo Lindenlaub, ein Heer kleiner, schlagender Herzen, im Regen zappelt, außer Atem, blass mit nassen Haaren steht: »Oh ... O, du ...!«

Oh, wenn es doch verdammt nochmal gelänge!

Als er aufsah, fand Stefan sich umgeben von der Backsteinröte mittelmäßiger Reihenhäuser, einem statischen Architektentraum, konform, zeitgemäß, steril und stickig. Er wischte mit dem Daumenballen über seine Stirn und rieb ihn dann unauffällig an der Hose trocken.

Es geht nicht nur darum, wieder eine Freundin zu haben, sondern darum, seine Tage, sein ... – ja, sags doch ruhig, es hört doch keiner – sein Leben, so wie es nun während der letzten Jahre verläuft, aus der Sackgasse, in die es sich verfahren hat, herauszumanövrieren. Zwar stehen an deren Seitenwänden einige Regale voll der lieblichsten Bücher, aber wegen der vielen gärenden Müllkübel riecht es schlecht; und die Brandschutztür in der hohen Mauer an ihrem Ende ist selbstredend verschlossen, mit Graffiti von fremder Hand beschmiert, und was hinter ihr ist, das weiß man nicht. Doch dass die Mauer von einer Stacheldrahtspirale gekrönt ist, lässt auf einen schmierigen Hinterhof schließen, einen Schrottplatz, ein Lager für rostige, lecke Fässer, und auf das Kläffen eines Wachhundes mit verklebtem Fell.

Seit der Andreaphase hatte seine Verfassung sich nicht nennenswert geändert. Die Gefahr könnte naheliegen, dass diese Kassiererin sich zunächst zwar vage an ihm interessiert zeigte, ihn aber zu einem gelegentlichen Teetrinkkameraden dressieren wollen würde, genau wie Andrea einst. Schon, als sie mich leichthin ins Vertrauen zieht, sehe ich meine Felle davonschwimmen. Redselig setzt sie mir ihre letzte Beziehung auseinander und übergeht meine Hände, die ihr Feuerzeug streicheln. Ihre Abschiedsumarmung brennt an meinen entmannten Schultern. Beim nächsten Mal fliegt sie mir entgegen: »Weißt du schon das Neuste? Ich hab jemanden kennengelernt, und ich glaube, ich hab mich endlich mal wieder richtig verliebt!«, als erwarte sie von mir Lob und Gratulation.

Hier war ein chirurgischer Eingriff vorgenommen worden: feiner, weißer Sand lag über die Fugen des Bürgersteigs gestreut; weiße Balkone, weiß gerahmte Fenster, und alles menschenleer, wie auf einer Reißbrettskizze. Wahrscheinlich essen die Leute grade Mittag.

Das ist doch ein zu großer, zu riskanter Schritt, ich werde diese ... sie niemals fragen, ob sie mich kennenlernen will. Dafür bin ich zu sehr ans Alleinsein gewöhnt und zu versagensängstlich.

Und eingekeilt zwischen Unmöglichkeiten. Das Gefühl von Niederlage breitete sich aus, Sackgasse ... Ende ... Er musste schlucken. Eine Verzweiflung pulste in seinen Augäpfeln und ließ den Sand noch weißer wirken, die Sonne so, als schiene sie gegen ihn an, in der Absicht, ihn, den einen unfähigen Dummerjan wegzusengen. Die spitzen Winkel der Reihenhausdächer waren gefletschte Zähne und hielten ihn getrennt von den Komplementärspielen der Backsteingebäude mit den kaum von einem Luftzug bewegten Gehängen der Trauerweiden.

Vielleicht bleibt nichts anderes übrig als zu resignieren. Einfach aufgeben, nicht scheitern, sondern das Schiff im Hafen verrotten lassen, sich ducken, komm, du hast auch so genug zu tun, quäl dich nicht unnütz. Sich selbst entkommt man nicht.

Unter den Bäumen am Ende der Straße kam aus unbestimmter Nähe ein Rauschen, es fehlte nur an Überblick zu sagen, woher genau. Ein Jogger keuchte an ihm vorbei, glühte im Gesicht, und ein Schweißtropfen schwang im Lauftakt unter seiner Nase; er bog rechts ab. Hinter den Gitterstäben eines Geländers blinkten seine Waden immer wieder auf, bis er sich, auf Höhe eines breit über den Fluss gebauten Ziegelhauses im Schatten der Bäume verlor. Stefan griff nach dem Geländer und guckte ins Wasser hinunter, wo flauschige Samen und eine leere Chipstüte trieben. Die eisernen Lamellen unter dem Ziegelbau könnten ein Turbinenkanal sein. Es war still, es plätscherte begütigend. Selbst die Sonne schien weniger sengend, wenn Stefan sie zu seinen Füßen auf die kleinen Grasbüschel zwischen den Pflasterfugen scheinen sah. Aber auf eine der Bänke wollte er sich nicht setzen. Hier sind nirgends Spuren einer Stadtbahn, und du wirst zurück müssen zu der Haltestelle, die du kennst.

*Indem wir über eine Aufgabe nachdenken, sie gedanklich vorauseilend in den Griff zu kriegen suchen, noch ehe wir nach ihr gegriffen haben, entzieht sie sich uns und wächst. Unser Denken, unsere Angst schiebt die Aufgabe wie eine tektonische Platte gegen die Wirklichkeit, an der sie zerknittert und sich wölbt zu Alpentraum und Anden, hoch, das wächst uns alles weit über den Kopf, wird unbezwingbar, und in der Lithosphäre bauen sich Spannungen auf, die nur in Erdbeben Erlösung finden.*

*Schön kann man diesen Vorgang auch vergleichen mit dem aufgeschwollenen Wanst einer toten Kuh. Einst – die Kuh, tot, hatte auf einer Wiese gelegen – erläuterte ein raubeinig scheinen wollender Bauernsohn, der allerdings eine Brille trug und eine Banklehre machte, wichtigtuerisch – ein Vogelnest aus Locken saß damals auf seinem Kopf, der heute, da er eine Professur für Ökonomik irgends in Finnland inne hat, beinah kahl ist, eine von Venen wie von Flussläufen derart durchzogene Pergamenthauthemisphäre, dass sie an die Landkarte einer Wildnis erinnert, die es nicht mehr gibt in dem Schädel, über den sie gespannt ist –, man hätte die Kuh sofort durch einen selbstüberwinderischen Kehlschnitt ausbluten lassen sollen, dann wäre sie verzehrbar geblieben und ihr Tod (Blitzschlag?) wäre ein geringerer Verlust, wo nicht gar ein Gewinn gewesen.*

*Plötzlich erscheint das Natürliche gekünstelt, unecht und herbeigezwungen, so wie ein Wort, ein grammatisches Konstrukt seinen Sinn verliert und zu unverständlichem Gebrabbel verkommt, wenn man es beharrlich vor sich hinspricht: Schrank, Tisch, Bauch, Gefühl ... Die Bedeutung rückt ab von uns, wir begreifen gar nichts mehr, ich weiß überhaupt nicht, wo mir der Kopf steht ...*

*Und genau so türmt sich auch ein regulärer Kennenlernwunsch auf dem platten Vorfeld zum Gebirge. Zumal die Notwendigkeit sich darzustellen, ein Selbstportrait anzufertigen, das ja vollständig sein soll, ungeschönt, dessen Schatten nicht minder deutlich ausgearbeitet sein sollten als die Lichtzonen, damit es keine Unklarheiten, keine Räume für Missverständnisse böte, wirkt im Vorhinein wie ein verzwickter Schritt.*

*Und dieser Schritt ist wie der Einschnitt in die Kehle der Kuh: Er kostet ganz schön Überwindung ...*

Als ich in der siebten Klasse war, hatten einige Mädchen, die meisten wahrscheinlich, Steckbriefalben, in die man sich, wofern man in ihrer Gunst stand, eintragen durfte. Natürlich bedeutete das nichts. Und trotzdem habe ich einmal, in der Annahme, es könne womöglich doch etwas bedeuten, frechen Unsinn ins Büchlein von Barbara Eggers geschrieben, der im Säuglingsalter ein Hund ins Gesicht gebissen hatte und an deren vernarbtem Kinn immer eine Speichelspur glänzte.

Dabei war das eigentlich reizvoll. Man durfte sich auf Körpergröße, Augen- und Haarfarbe reduzieren, berichten, man habe eine Mutter, die wieder unter ihrem Mädchennamen als Orthopädin praktiziere, einen Vater, der in Dinslaken wohne und eine undurchsichtige Krawattenposition bei einer Versicherungsgesellschaft inne habe, und skizzenhaft konnte man sich in einer Handvoll Charakteristika entfalten, in Lieblingsfarbe, -tier, -musik, -buch, -film, -essen ... Damit war man interpretierbar, flüchtig umrissen, fürs Erste treffend genug dargestellt. Und man hatte Zeit, sich Eigenschaften zu überlegen, sich selbst in Rücksicht auf die Eigentümerin des Albums zu entwerfen. Man hatte die Angelegenheit unter Kontrolle.

Es begann unverfänglich, mit der Lieblingsfarbe. Ins Steckbriefalbum von Fräulein *S. T.*, die zum Beispiel *Sarah Tallen* heißen könnte, wäre es ein Leichtes zu schreiben:

<u>Lieblingsfarbe</u>: Ein helles, deutlich grau- und violettstichiges Sturmblau.

<u>Lieblingstier</u>: Plumplori, Koboldmaki, Eichhörnchen, Rüsselhündchen ... Das allerdings sind ausnahmslos niedliche Tiere, die gar nicht anders können, als ein blaublümiges Weichlingslicht auf mich zu werfen. Also außerdem: Tiger, Adler, Hyänen. Die mag ich ja auch.

<u>Lieblingsmusik</u>: Schubert, Mendelssohn vielleicht; besonders Violinen und Celli, die mir durch Mark und Bein gehen.

<u>Lieblingsbuch</u>: Ich bin ein hartnäckiger Leser. Mich begeistern viele Ausdrucksversuche besonders des mythischen 19. Jahrhunderts. Auch das missglückte Kunstwerk, wenn es infolge von Waghalsigkeit missglückt ist, finde ich reizvoll.

<u>Lieblingsfilm</u>: Als ich noch einen Fernseher hatte, habe ich mir immer gerne Dokumentationen über Tiere angesehen.

<u>Lieblingsgericht</u>: Früher hat meine Mutter für mich manchmal eine Auberginenpfanne mit Gehacktem und Fetakäse zubereitet; die mochte ich, aber seit ich alleine wohne, hat Essen für mich eine untergeordnete Bedeutung.

Hunger hatte er trotzdem und stellte fest, dass der Kühlschrank – er machte ihn auf – leer war. Er würde tatsächlich noch einkaufen müssen. Gestern auf dem Heimweg hatte er das in seinem widrigen Zustand vermieden, war nach Hause geflohen, hatte die Stille bebrütet – stimmt ja, er hatte die Stille bebrütet, es war schon fast dunkel gewesen, als von unten, aus der Vermieterwohnung ungewohnte Stimmen heraufgedrungen waren, die den verschwiegenen Sommerabend mit gedämpftem, unterschwellig bohrendem Gemecker infiziert hatten. Anscheinend hatten die Vermieter sich gestritten. Immer sind sie so sanft und bedächtig, Inbegriff des reif harmonierenden Paares, dass Stefan nie erwartet hätte, sie könnten so sehr aus der Fassung geraten. Er war schon bereit gewesen anzunehmen, er bilde sich die zu ihm dringenden Furienlaute nur ein. Aber plötzlich war unten ein Fenster aufgerissen worden, und deutliches Keifen, gefolgt von einem tiefer dröhnenden Schimpfen in die beginnende Nacht hinausgeschallt. Oft nimmt man sie tagelang nicht wahr, und dann wiederbeleben sie unvermittelt Elterntöne, Kindheitsstimmung ... Und morgen ist Sonntag, und keine Aussicht, mit dem trockenen Brotknust bis Montag zu überleben, ohne Käse, selbst ohne Ketchup. Allerdings könnte es erlaubt sein, nach nun – er gab murmelnd seinen Fingern die Namen der vergangenen Tage und führte sie sich vor Augen – viertägiger Abstinenz eine Flasche Wein zu kaufen.

Gegenüber der Kühle im engen Vorflur am Treppenaufgang, wo es muffig nach Katzenfutter roch, obwohl die

Katze schon vor Jahren, kurz nach Stefans Einzug, vom Vermietersohn unter den Kiefernnadeln in der hintersten Gartenecke bestattet worden war, lungerte jenseits der Haustür eine schwüle Hitze. Schon auf der Garageneinfahrt brannten seine Füße in den Schnürschuhen, und die lange Hose war viel zu warm.

Durch Laub gesiebtes Licht lag in Flecken auf dem Sandweg und krabbelte über seine Schultern. Als eine Schmeißfliege an seinem Ohr summte, wedelte er sie mit seinem Einkaufsbeutel weg. Wie sie dann wegkurvte, zwischen den Baumstämmen hindurch, ins Helle über der Weide. Am See waren vor den Neubauten Holzbohlen neben einem Betonmischer aufgestapelt. Die Kruste in einer ausgetrockneten Pfütze war rissig und an den Rändern aufgebogen. Wir sitzen am Cafétisch. Auf der Landstraße, wo nur vereinzelt Bäume standen, traf ihn die Sonne mit Wucht, so dass er beim Bushaltestellenschild einen Moment zögerte, das da mit seinem Fahrplan bei den Weißdornbüschen knietief im Gras stand. Wir sitzen zwischen Dämmerung und Windlicht. Sie hat die Unterarme vor sich verschränkt und presst lachend ihre Ellenbögen auf die Tischplatte, um ... – Aber hier in der prallen Sonne auf einen Bus zu warten, wäre auch bescheuert. Mit dem Fahrrad bräuchte ich keine Viertelstunde, aber nun.

Sie hat die Unterarme vor sich verschränkt und presst, um den Tisch am Kippeln zu hindern, lachend ihre Ellenbögen auf die runde, weiße Platte. Sie raucht zwar selbst nicht, aber es stört sie auch nicht. Ich knicke einen Bierdeckel und schiebe ihn unter das über dem Kopfsteinpflaster schwebende Tischbein.

»Hm«, beginnt sie mit ihrer Entschlüsselung, »das ist deine Lieblingsfarbe? Ein *helles, deutlich grau- und violettsti-*

*chiges Sturmblau*? Also blau, grau, violett und – hell, ja? Ein bisschen weiß ... Das sind ja alles Farben, die auf Introvertiertheit hinweisen! Leute, die Blau mögen, sind ernste, in sich gekehrte, objektive Denker, die nach Klarheit und Wahrheit suchen, großen Wert auf das gesprochene Wort legen, auf klare, sachliche Strukturen und so. Sie wollen Ausgeglichenheit und Harmonie und lehnen alles Chaotische, Laute und Bunte ab, auch alle mystischen, unbewiesenen Ideen. Am besten kommen sie mit intellektuell veranlagten Menschen aus. Trifft das auf dich zu? Reagierst du leise, zeigst nicht gern deine Gefühle, und findest du am besten Halt in dir selbst? Das höchste Ziel von Leuten, die Blau mögen, ist ihr Denken; daher neigen sie manchmal zu Sinnenfeindlichkeit, wirken kalt und streng. Und sie bemerken schnell Fehler bei anderen, während sie sich selbst für unfehlbar halten.

Und Leute, die Grau mögen, sind meistens vorsichtig und zurückhaltend. Die agieren am liebsten im Hintergrund. Sie sind Meister der Tarnung und verstehen sich auf Winkelzüge; zum Beispiel sind sie geschickte Mittler, Spione oder Diplomaten. Sie haben viel Verstand, aber oft kommt das Herz dabei zu kurz. Aber Violett ist eine heikle Geschichte ... Viele Menschen haben ein Problem mit Violett, weil darin zwei entgegengesetzte Gefühlskomponenten – nämlich Blau und Rot – zusammentreffen. Die Violettmögenden sind auch introvertiert und häufig tief gläubig. Die interessieren sich nicht für Reichtum und Äußerlichkeiten, das würde sie nur ablenken vom Wesentlichen, und das kann für sie immer nur Geistiges sein. Aber ein zu intensives Eindringen in höhere, geistige oder religiöse Welten führt sie manchmal zu Einseitigkeit. Leute, die Violett mögen, laufen Gefahr, dogmatische

Despoten zu werden, oder in Schwermut zu verfallen, besonders, wenn die Gesetze des Lebens ihr Recht fordern, Liebe und Leidenschaft und so. Na, und Weiß mögen Leute, die gerne in eine Welt des Scheins und ihrer Ideale flüchten. Sie wollen immer helfen, sind Hoffnungsträger, wünschen sich aber auch eine Machtposition. So, und für deine Farbe würden wir jetzt eine Synthese machen müssen aus allen diesen Eigenschaften. Erkennst du dich denn wieder in den meisten davon?«

»Also, ich muss sagen, eigentlich finde ich sowas blöd. Aus sowas Rückschlüsse zu ziehen, geht doch zu weit. Andererseits stimmt davon vieles so weitgehend, dass ich auch ein bisschen beeindruckt bin. Obwohl, wir wissen ja um die Neigung von Menschen, begierig Aussagen über die eigene Person als zutreffende Beschreibung zu akzeptieren. Insofern, finde ich, ist das auch alles Quatsch.«

»Aber nimm das doch nicht so ernst! Hihi, beinahe hätte ich gesagt: sei doch nicht so typisch blau-liebend! Nimm das doch einfach als Kennenlernspiel, oder so. Ist doch lustig, ich erfahre immer mehr über dich, ohne, dass du mir was erzählst! Also weiter: Die Lieblingstiere, ... die sind ja überdeutlich. Ich weiß zwar nicht, wie Koboldmakis und Rüsselhündchen aussehen, aber da sind ja allein schon die Namen süß.«

»Also, süß sind Koboldmakis nicht; die haben übergroße Augen in ihren Gnomsgesichtern ...«

»Aber das ist doch der Inbegriff von Süßigkeit! Ich meine, große Augen sind doch das Merkmal Nummer Eins des Kindchenschemas!«

»Nein; die von Koboldmakis sind zu groß! Die wirken wie starrende Rezeptoren, mit denen sie ihre Umwelt einsaugen.«

83

»Trotzdem sind das alles Lieblingstiere, die auf einen sensiblen, grundunaggressiven Charakter schließen lassen. Schwul, sagst du, bist du ja nicht, nein? Wenn doch, ich meine, das wäre ja auch nicht schlimm ... Adler, nun, Freiheit, Ruhe, der über allem schwebende Observator, der, gram allen Lamms-Seelen, lange in seine Abgründe blickt, das findet ja jeder gut. Aber mit dem Observieren hast dus ein bisschen, was? Zum Tiger, muss ich sagen, fällt mir nur Benzinreklame und die als Jugendzimmer deklarierte Dekoration in einem Möbelkatalog ein. (Denn in echt hängt da alles mögliche, eine Karte des Imperium Romanum, Schostakowitsch, Batman, Brecht und Nietzsche, aber keine Tiger.) Und mit der Hyäne willst du dich doch nur wichtig machen, oder? Ich meine, weil die keiner mag. Alles in allem vermitteln mir deine Lieblingstiere den Eindruck, dass du ein sensibles, zartes Wesen hast. Aber das willst du nicht zeigen, oder noch nicht mal wahrhaben, also verschanzt du dich hinter Tieren, die dir härter vorkommen als du bist, männlicher und aggressiv.«

»Halt, jetzt ist aber mal Schluss! Ich habe im letzten Winter eine Dokumentation über Hyänen gesehen und daraufhin habe ich die aufrichtig gut gefunden: Tschandala, amoralisch nach Menschenbegriffen, die keckernd ihren dreckigen Geschäften nachgehen. Wenigstens dieser Aspekt gehört doch dann bitteschön auch zu mir!«

So ereifere ich mich, habe mich längst auf ein Glatteis verirrt, auf dem ich mich unwohl fühle, und stelle fest, dass mich realistische Kleinigkeiten an meiner Angebeteten stören. Aber ich rede mir gut zu, trotz dieser Kleinigkeiten noch nicht aufzugeben. Man darf ja nicht romantisch die Heraufkunft eines Ideals erwarten, man soll Kompromisse machen und großzügig sein! Offen muss man seinem Nächsten ge-

genüberstehen, nicht indifferent, aber ... undogmatisch. Und trotz der Kleinigkeiten verstehen wir uns gut.

Beim nächsten Mal lädt sie mich ein, mit ihr und ihren Künstlerfreunden zu essen. Alle sind sehr nett und verwickeln mich, wenn sie auch anstelle von Gesichtern eierschalenhafte Masken tragen, in Gespräche; ich vergnüge mich an ihren Scherzen, habe die Beine übereinandergeschlagen und ein Weinglas in der Hand. *Sibilia T.* sitzt mir gegenüber. Wir umarmen uns zum Abschied; es verstreicht nur ein heiterer Tag, eh sie anruft und wir uns wiedersehen. Sie neigt, auf der Parkbank neben mir, ihren Kopf an meine Schulter. Ihre Haare kitzeln mein Ohr. Sie riecht nach einem süßlichen Shampoo mit Fruchtaroma. Wir küssen uns. Ich bleibe bei ihr über Nacht.

Stefan ging nach rechts, die vierspurige Hauptstraße entlang, passierte die zweite Bushaltestelle und musste die Autobahnauffahrt überqueren. Er wollte sich *Sibilia* nackt vorstellen und sich selbst betört von ihrem Körper denken, ihrem besonderen, bisherige Erfahrungen überragenden Wesen. Er gab ihr wieder die Kette aus bunten Holzperlen um den Hals, ans Schlüsselbein einen leicht erhabenen Leberfleck. Sogar dunkelblondes Schamhaar? Nein, das passte ihm nicht, ihre Blöße brachte alles durcheinander ... Wenn ich sie schon im Vorfeld auf eine Masturbierphantasie reduziere, kann daraus ja nichts werden.

Während er an der Fußgängerampel wartete, ließ er aber trotzdem die Aufgeregtheit über das Beisammensein in ihrem engen Schlafzimmer in sich hochsteigen. Er weiß nicht, wo er stehen, oder ob er sich hinsetzen soll, während sie die Vorhänge zuzieht, die Katze füttert und zur Toilette geht; unangenehm ›im Wege‹ fühlt er sich oder wie ein flatteriges

Männchen, das gut gebalzt hat und nun aber auch zum Zuge kommen will ... Nein, sie hat keine Katze.

Gras und Schafgarbe zuckten spastisch im Fahrtwind jedes Autos, Motoren grollten vorüber-vorüber, und Stefan wollte zurück an den weißen Cafétisch in der Dämmerung, weg von dem Pfad, den seine Einbildung jetzt entlanggaloppierte, aber die nackte *Sibilia* mit ihrer Holzperlenkette und einer aufdringlichen Sode lockigen, goldenen Schamhaars schiebt sich dazwischen, kniet auf dem Cafétisch, lacht mit von ihrem Kopf weggesträubten Haaren, ruckelt dicht ins Bild und schüttelt ihre Brüste, auch dann noch – Schluss jetzt! Hör auf! Weg damit! – als die Ampel grün wurde und ein Lastwagen zischend bremste.

Stefans Aufgeregtheit wehte hinüber aus dem kaum zureichend ausdenkbaren Schlafzimmer auf diese Fußgängerfurt an der hitzewabernden Autobahnabfahrt, ein Funkenflug, der auch in der Wirklichkeit genug in Brand zu setzen fand. Die nervöse Unruhe stieg und siedete, sie entzündete sich am heißen Asphalt, an den rücksichtslos vorbeischießenden Autos, an Stefans brennenden Fußsohlen; jemand hupte, er überholte einen Mann, neben dem ein muskulöser Hund so mechanisch herzockelte, als würde ein aufgezogenes Zahnradwerk in ihm abschnurren.

Wie war das? Sie neigt ihren Kopf an meine Schulter. Wir küssen uns. Ich bleibe bei ihr über Nacht ... Aber es ging nicht weiter. Während er noch im Vorbeigehen das Hundehinterteil betrachtete, überschwappte ihn die Unsicherheit, wenn eine Begegnung noch jung ist und wir noch nichts wissen ... Wo hatte er gelesen, man solle das als *erfrischend* genießen, das sei die *Spannung*, die das Leben jedem zu bieten habe. Für ihn fühlte es sich wie Niedergang und Zusammenbruch an. Theoretisch kann man sich immer schön einreden, man sei ein Staubkorn im All, nichts sei von Bedeutung, man müsse lernen, es zu genießen, wenn der Boden schwankt, aber wenn es so weit ist, übergibt man seinen verstörten Instinkten die Zügel und krallt sich schreiend an einen herabgeknickten Ast ...

Und nach zwei weiteren Treffen beschließt sie, ganz unerwartet und ohne ersichtlichen Grund: »Nee du, lieber sag ichs jetzt gleich als zu spät: irgendwie taugt das nichts mit uns beiden.«

Indem er den Trampelpfad zwischen dunklen Büschen betrat, über den er zum Parkplatz des Einkaufszentrums gelangte, kam es Stefan vor, als hätte sie seinen Panzer nur geknackt um ihn besser verletzen zu können.

Hier am Rand war eine Mispelrabatte so schütter bestanden, dass die Erde, weiß getüpfelt mit vom Regen zu Kartonfladen gepressten Papiertaschentüchern und einer plattgetretenen Coca-Cola-Flasche durch die mageren Zweiglein zu sehen war. Er zwängte sich zwischen den Seitenspiegeln parkender Autos hindurch und erreichte den Mittelweg zum Eingangsportal. Eine Frau belud ihren Kofferraum. Daneben stieß ein blasses, blondes Kleinkind in seiner Karre zurückgelehnt einen Tropenvogelschrei aus.

Vorsichtig rackelte Stefan einen Einkaufswagen aus dem Unterstand und schob ihn auf die große, automatisch rotierende Drehtür zu, die unbeschwerte Leute mit derselben Bewegung einschaufelte, mit der sie grade eine, von allen Seiten an dem überbordenden Drahtwagen mitschiebende, vielkindrige Familie samt Großmutter aus dem Gebäude pumpte.

Neben dem Eingang, in einem Rollstuhl, guckte ein junger Mann unter scharf gezogenem Seitenscheitel, gegen die

Kopfstütze zurückgelehnt, seine wie eine welke Blüte nach unten abgeklappte Hand vor die Brust gepresst, in den Himmel und nicht zu der ältlichen Frau im geblümten Sommerkleid, die ihm von den seitlich verkrampften Lippen einen Speichelfaden weg tupfte.

Als Stefan mit seinem Schiebewagen vorüberratterte, fand er, wahrscheinlich sei dieser Mann ungefähr so alt wie er selbst. Bestimmt hatte der auch keine Freundin. Und doch wird er darauf bedacht sein, nicht unausdenkbar zu leiden; er muss sich arrangieren, nachdenken, träumen, lesen oder sich vorlesen lassen. War es nur eine Frage der Gewöhnung, das zu lernen? – Eine Frage der *Akzeptanz des Unvermeidbaren*? Würde auch Stefan dahin gelangen müssen, einzuwilligen in seine Hemmungen, in die Unfähigkeit, von der er sich ebenso behindert fühlte, nicht anders als ...

Die Drehtür kappte diese Überlegung und entließ ihn jenseits in die Vorhalle. Auf talmiglänzenden Rolltreppen schwebten Bedürftige hinauf zu höheren Ebenen voller Geschäfte. Zielstrebig, mit einem eisernen Gesicht rückte er durchs Gedränge, an der Kübelpalme vorbei gegen den ebenerdigen Supermarkt vor.

Auch die Eingangsschranke öffnete sich automatisch.

Leuchtkuppeln imitierten Tageslicht und hüllten Grillkohle, eine Pyramide aus Bierfässchen und auf Strohbunden arrangierte Gartenwerkzeuge in erotographische Klarheit, von der ein Brummen auszugehen schien, ohne etwas anzukündigen, ohne auf das Näherkriechen einer Gefahr hinzuweisen, der man entgegentreten könnte; die Bedrohung dieses vermeintlichen Brummens war sein bedeutungsloses, aber unverrückbares Andauern. Am Obst und Gemüse, das wächsern aufgetürmt lag wie auf den Illustrationen des Paradieses in den

Broschüren der Zeugen Jehovas, strebte Stefan vorbei. Und wenn sich sein Gesicht vor dem Weinregal ein wenig entspannte, war das nur ein Verschnaufen, ein kurzes Durchhängen der Stränge, ehe sie sich schärfer spannen würden. Er wählte *Languedoc*, weil der Name schön klang und der Preis den Rahmen nicht sprengte. Damit begann sein Zickzack durchs Labyrinth:

• *Spaghetti*? – Ach so, hier, und
• *Nudelsoße*
• *Brot* lag hinter ebensolchen Plexiglasklappen wie im Bioladen ...
• *Käse* und
• *Joghurt* gab es im Kühlregal, vor dem, als er sich nach dem Gouda bückte, gleichzeitig mit ihm noch sieben weitere Kunden ihre Rücken krümmten, als würden sie dort im Defilieren einen religiösen Dienst verrichten. Nur wo war noch die
• *Zahnpasta*?
• *Kekse* versuchte er, nachdem er sie in den Einkaufswagen gelegt hatte, auf seiner Liste mit dem Daumennagel als abgehakt zu markieren, wobei er einem Hektiker mit buschigen Nasenhaaren im Wege stand und sich, obwohl eigentlich dafür grad keine Hand frei war, zunächst vergewissern musste, dass sein Portemonnaie noch in der rechten Gesäßtasche steckte; ja, und, ja, der Haustürschlüssel war auch noch da. Und die Kasse war dort, wo das Menschenaufkommen am dichtesten wurde. Vier Jungen drängten sich breit grinsend, lässig schulternschwingend an der Kassenschlange vorbei, in der Stefan langsam dem Piepsen des Barcodelesers näher rückte. Sein Herzschlag grollte ihm in den Ohren. Pass auf, du bist gleich dran! – Piep! Piep!

»Wie bitte?« Er hatte nicht verstanden, wie viel er bezahlen musste, und weil auf dem Förderband schon die Packung verzehrbereiter *Zarte Schweinelendchen in Rahmsoße mit Rotkohl und Spätzle* des Folgekunden andrängte, übersah er, dass auch eine Leuchtanzeige direkt vor seinen Augen ihm den Betrag mitteilte, ein Hitzeschwall stieg in ihm auf, er fummelte nach Geld und schnappte nach Luft.

Jetzt pressten die Henkel des Leinenbeutels seine Finger zusammen. Zurück wollte er doch lieber den Bus nehmen. Er überquerte den Parkplatz, die vierspurige Straße und gesellte sich zu den Wartenden an der Bushaltestelle, die alle neugierig Vorgängen auf der anderen Straßenseite folgten, wo Stefan grade noch selbst ahnungslos auf eine Lücke im Verkehr gelauert hatte, und wo die vier lässigen, vielleicht ungefähr vierzehn Jahre alten Jugendlichen einen hageren Mann piesackten. Der schimpfte entrüstet. Die langen Nackenhaare und das weite Hemd flatterten seinen Bewegungen hinterher, als er den, bis zu seiner Gesichtshöhe hinauflangenden Fußtritten des einen, vorwitzigen Jungen auswich. Er schlurfte rückwärts in seinen Badelatschen. Die Säume seiner Sporthose waren unter die weißen Socken geprummelt. Ein nächster Tritt schlug ihm die Plastiktüte aus der Hand; etwas Scheperndes war darin wahrscheinlich kaputtgegangen und blieb in der Gosse liegen, als ihr Besitzer schon in ein Taxi, das dort plötzlich bremste, geflohen war und nachdem der tapferste der Jungen ihm noch durch den Spalt der sich schließenden Beifahrertür einen Faustschlag verpasst hatte.

So lange sich am gegenüberliegenden Straßenrand im Fahrtwind der vorbeikommenden Autos die Plastiktüte wälzte, blieb Stefan seiner hilflosen Entrüstung hingegeben. Hätte ich eingegriffen, sie hätten sich womöglich zurückgezogen. Sie waren vorsichtig, feige, die Szene war unkalkulierbar. Man kann versuchen, sie mit einem »Man konnte auch nicht ausmachen, was da vorgefallen war« abzutun, aber es klappt nicht.

All die trägen Schemen, die mit ihm in der Schwüle gewartet hatten, traten einen Schritt zurück, als der Bus in die Haltebucht einfuhr. Stefan setzte sich auf das borstige Polster und fühlte, wie nassgeschwitzt seine Unterhose war. Da schwankte eine stoppelige Achselhöhle, ein glänzender Kinderkopf schlief in der verbrauchten Luft, ein lilagesichtiger Mann im Unterhemd pustete seinen Bizeps an, und Stefans Herz beharrte auf einem nervösen Tablatakt.

Die enthemmte Dummheit kommt siegreich davon. Diese Jungen halten sich, dumpf und ichbesessen, nicht an Hemmschwellen auf. Warum macht es mich wütend? Weil ich ihrem Auftritt hilflos gegenüberstand, genauso hilflos, wie den anderen Angelegenheiten, denen ich mich nicht gewachsen fühle? Ich will kein Bestandteil sein. Sind nicht Liebesbeziehungen von Grund auf suspekt, ein immer wieder gleich ablaufender Mechanismus? Zwei Jahre dauert es, dreieinhalb, dann hat man sich kennengelernt, aneinander gerieben, bis man stumpf geworden ist, und wenigstens einer von beiden lernt, heimlich zunächst, jemand anderen kennen, um den Abschied zu verflüssigen, in dem wir dann beide nur einen Moment lang japsend schwimmen, eh wir uns auf andere, neue Flöße retten. So wird es zumindest erzählt. – Aber warum sollte man sich zwangsläufig aneinander *abarbeiten* und *stumpf* werden müssen? Wahrscheinlich, weil schon ein Mensch alleine ein aufreibendes Labyrinth ist. Und ist es nicht wie mit den Puzzleteilchen? Ein einziges passt, alle die anderen aber nicht. Die Welt ist ein Heuhaufen, aus dem man das eine Gegenstück zu sich selbst herauswühlen muss. Man kann nur zufällig darauf stoßen, sich von ihm in den herumtastenden Finger stechen lassen.

Dann heißt sie Sss... *Serena Taltor*, und anfangs funktioniert alles sehr gut – wie genau, das bleibt unausgearbeitet: Serena Taltor ist ein Strichfigürchen mit Namensschild und langen Haaren, Stefan selbst ein Strichmännchen mit kurzen Haaren, und sie gehen wackelig, behelfsmäßig animiert, Hand in Hand durch weißes Nichts. Selina – nein, Serena –, Serena bekommt nur dann die ungefähre Karikatur eines Gesichts, wenn ihre Mine einfriert, weil sie nervös ist und nicht mehr mit ihm spricht. Plötzlich, aus weißem Nichts heraus, meckert sie, er würde auf dem frisch gespülten Teller, den er grade abtrocknet, Fingerabdrücke hinterlassen. Ungeduldig schiebt sie mich zurück in eine lächerliche Kinderrolle neben ihr. Und einmal gegen mich aufgebracht, verdammt sie jeden meiner Lidschläge. Das verschlägt mir die Sprache. Jederzeit kann meine Feindin aus ihr hervorbrechen und das Steuer übernehmen. Und nach einem solchen Anfall überschüttet sie mich mit Küssen, will Beischlaf und bekundet ihre Liebe. Es wird unmöglich, sie zu verlassen, aber auch, mit ihr zusammen zu sein.

»Alles ist in Ordnung!«, giftet sie mich an, »mir geht es gut!«

Nie kann ich ihr etwas recht machen. »Das ist doch Unsinn! Ich will nur mit dem Haushalt nicht alleine dastehen!«

Ich muss entspannt sein, aber immer gewappnet. Sie wirft mir vor, es gehe mit meiner Promotion nicht voran, ich müsse endlich Geld verdienen und mich sowieso in vielerlei Hinsicht ändern.

Als ihr Vater zu Besuch kommt, maskiert sie sich mit

krampfhafter Albernheit. Seine neue Frau hat ihn verlassen. Sein Gesicht ist gerötet, verweint. Er spricht gedrückt, kaum zu verstehen; er nuschelt und spricht einen Dialekt, dem ich nicht folgen kann, und wiehert vor Lachen an dem Restauranttisch, an dem wir zu dritt sitzen. Er lacht mit seiner Tochter über Witze, die ich nicht kapiere, aber zu laut; er reißt seinen Mund auf und trommelt mit beiden Händen auf der Tischplatte.

Wir fürchten die Liebe, weil sie uns verletzlich macht. Die Liebe ist ein Trojanisches Pferd. Und sie? Serena? Die Gegenwart ihres Vaters wirft ein neues Licht auf sie. Nicht nur erweist sich jetzt die dezente Eigenwilligkeit ihrer Betonung als Dialektspur, wenn sie, sarkastisch über die Anrichte zu mir hin gelehnt haucht: »Vertrau mir, ich mache dich fertig. Ich werde dein Inneres nach außen krempeln«, sondern verglichen mit dem Gehabe ihres Vaters wirkt ihr Verhalten imitiert, übernommen. Mit ihrer Nervosität, ihrer lächerlichen Strenge gegen mich, die mir Herzrasen und Pfeifen im Ohr verursacht, überspielt sie irgendetwas, worunter sie leidet, dass sie vielleicht sogar vor sich selbst verborgen halten muss, obwohl es sie ständig unter Druck setzt. Ich kann mir einbilden, die Not in ihren Augen zu erkennen, und dennoch: ich zittere ... Sie tröstet mich nicht, ich kenne sie und belauere ihre Schliche: Sie faltet sich einen Hut aus den Fotokopien, die ich zur Vorbereitung meiner Dissertation gemacht habe, rennt durchs Zimmer, stößt die Lampe um und kreischt mich an wie ein Affe. Als ich sie sehr beherrscht frage, was sie damit bezweckt, neigt sie trotzig den Kopf und wechselt das Thema: Sie will ein Kind. Sie spricht das so selbstverständlich an, als wäre es ausgemacht, dass wir unabsehbar lange zusammenbleiben würden.

»Stell dir doch nur vor, wie es einem Kind, wenn wir es bekämen, mit uns erginge!«

»Wie?«, ruft sie und stellt ihren Unterkiefer streitlustig schief. »Gut würde es dem gehen! Andere Leute mit viel weniger Geld haben doch auch Kinder! Und mein Vater würde uns bestimmt auch ein bisschen helfen.«

»Ich meine aber die Atmosphäre, die dauernd zwischen uns herrscht!«

Sie fängt an zu weinen.

Der Bus bremste. Zwei Schulmädchen hatten ihre Kinne auf die Rücklehne gestützt, machten einander verstohlen auf Stefan aufmerksam und kicherten darüber, wie er mit sich selber flüsterte und dann, obwohl die Bustür sich schon wieder schloss, aufsprang, um mit seinem Einkaufsbeutel noch ... – hier, schnell! Denn – so ein Mist! – das war ja schon seine Haltestelle.

Aber der Bus fuhr bereits wieder an. Stefan suchte unsicher auszumachen, wie die übrigen Fahrgäste seine verspätete Eile beurteilten, blies die Backen auf, pustete aus, um für das Publikum, besonders für die beiden Kichermädchen, einen ›gelassenen Umgang mit verhaltener Entnervtheit‹ zu simulieren und setzte sich wieder hin. Nun würde er bis zum Leivelinger Damm fahren müssen. Immerhin war auch von dort der Heimweg etwas weniger weit, als es gewesen wäre, die ganze Strecke vom Supermarkt zurückzulaufen.

Sie fängt also an zu weinen. Es gibt keine Ruhe mehr. Störrisch wie eine Maschinerie braust Sturm in den Zweigen. Mitgerissen und blind toben wir im Ringelrei' aus Panik und Wut, können einander nicht halten und versuchen, uns gegenseitig in die jeweils eigenen Abgründe mitzureißen. Nie entkommen wir uns, bis wir uns an einander zersetzt haben.

»Wir können uns doch ändern, uns zusammenraufen, wir sind doch erwachsene Menschen. Komm, lass es uns nochmal versuchen!«, schauspielert Serena Leichtigkeit in ihre Stimme. Man muss über Probleme stetig sprechen, damit sie nicht ausufern. Aber das Sprechen, diese *Arbeit* an unserer Beziehung, benimmt uns der Chance, uns zu trennen. Mir kommt es vor, als würden wir unsere Probleme inszenieren, indem wir über sie sprechen. Man fügt sich ihnen, wie der Schauspieler seiner Rolle.

Ist das nicht so ähnlich mit den aufwühlenden Empfindungen, über die man redet, um ihnen einen Rahmen abzustecken und sie dingfest zu machen? Aber wenn ich ein Gefühl beschreibe, erstelle ich eine veräußerlichte Kopie von ihm, einen Text, der an Glaubwürdigkeit verliert, wenn ich ihn einstudiere. Anstatt zum Beispiel mein Interesse an der Kassiererin nur aufmerksam zu spüren und daheraus zu handeln, habe ich meine Empfindungen vor Publikum aufgeführt, die dadurch, so wie geteiltes Leid halbes Leid wird, auch zu denen des Publikums wurden, das plötzlich an meinem Brei mitgekocht – und ihn verdorben hat. Ich war nicht mehr Teil der Begegnung mit *S. T.*, auf Abstand bedacht war ich weniger aufmerksam als ich gewesen wäre, wenn ich geschwiegen und, anstatt im Zuschauerraum zu sitzen, auf der Bühne gestanden hätte. Denn dort agiert der Schauspieler im Rausch, vertraut sich selbst und lässt sich gehen, während dem Zuschauer der Sitz unterm Hintern immer härter wird.

Hier! Leivelinger Damm! Jetzt aber ...! Er drückte den Knopf, und der Bus stoppte bei einem Haltestellenschild, das aus einem Haufen Kies aufragte. Pflastersteine und Betonborde lagen, umstanden von Absperrbaken am Straßenrand.

Sollte er es wagen, sich die Schuhe, in denen seine Füße

kochten, auszuziehen und barfuß nach Hause laufen? Aber die Straße ist heiß; die Schlaglöcher am See sind mit Schutt und Kachelsplittern aufgefüllt. Es wird auch so gehen; fünfzehn oder zwanzig Minuten, dann bist du ja da.

Serena treibt mich also in den Wahnsinn. Ihre Angst befruchtet meine eigene Angst vor mir selbst und vor Kontrollverlust, und daran werde ich irre! Sie zerstört mein Leben und ich töte sie im Affekt mit einem Küchenmesser ... – fast jedenfalls. Und dann ist alles aus, erlöst, und zwischen den Gebüschen und Eichenstämmen blitzte der See und spiegelte kleine, zerfetzte Wolken, und die Hitze stach. Stefans vom Trageriemen eingeschnürte Fingerglieder waren hellviolett angelaufen; er reichte den Beutel seiner linken Hand zu, schüttelte die rechte, und von den hohen Fichten an der Ostseite des Sees war aller Schatten in den Hagebuttenweg gewichen. Dort verklärte sich ein Mückenschwarm, und Stefan brauchte seine freie Hand, um nach den Pferdebremsen zu schlagen. Stand da ...? Nein, kein Auto auf der Garageneinfahrt!

Er öffnete die Pforte, und als er den Weg entlangkam, hockte im Gemüsebeet seine Vermieterin, die er schon seit viereinhalb Jahren Bianca zu nennen vermied, zwischen den Salatköpfen, winkte ihm zu und rief:

»Hallo Stefan! Na? Hast du viel Arbeit? Wir hören dich ja schon seit Wochen nur manchmal rein- und rausschleichen. Warum setzt du dich nicht ein bisschen in den Garten, wenn schon die Sonne mal so schön scheint?«

Ein ausgeleiertes Top ermöglichte ihren Brüsten, sich in etwa daumenbreitem Abstand voneinander zu wölben. Überrumpelt winkte Stefan erst zurück, als sie schon auf ihn zukam, ein bisschen größer als ihr Mann, schweißfleckig un-

ter den Armen, straff, breithüftig wogend:
»Hallo ... ja ... ich-äh ... viel zu tun ...«
Erdstaub klebte im Schweiß auf ihrer, an Hals und Brust von der Sonne gereizten Haut. Erdig waren ihre Knöchel in Clogs unter den Säumen schlottriger Leinenhosen. Ihre Augen waren ungefähr auf einer Höhe mit Stefans Mund. Er sah die grauen Wellen in ihrer Kurzhaarfrisur. Sie trug ein Lederriemchen am Handgelenk, und ein Hauch von ›Maggi‹-Geruch umgab sie. Ihre Finger berührten die seinen, als sie ihm – »Für mich? Ach so! Danke!« – Salat und ein Bündel Kräuter reichte:
»Na, wird das gehn mit nur einer Hand? Sonst komm doch einfach gleich nochmal runter.«
Stefan war verlegen, er lächelte enthusiastisch:
»Neinein, das geht schon!«
Bianca lächelte ein bisschen zögernd, ein bisschen skeptisch zurück. Früher hat sie bei einem Theater gearbeitet. Und immer ist sie ungekünstelt und ausgeglichen. Sie schämt sich nicht. Mit einer Schulterbewegung scheint sie die Kleider von sich abgleiten lassen zu können, die sie trägt wie ein eigentlich überflüssiges Zugeständnis an landläufige Sitten. Wie kann ihr Mann, »der Floh« sagt sie, weil er Florian heißt, sich mit dieser Frau streiten, zudem so unbeherrscht, laut und schrill? Oder sollte Bianca auch Nachtseiten haben, nervös sein und sich mit Albernheit maskieren? Andererseits heißt es doch, zu einer gesunden Beziehung gehöre Streiten dazu. Und Florian, ein vegetaristisch hageres Männlein, die hohlen Wagen schütter mit hellgrauem Bart bestanden, ebenso kurz gestutzt wie der Haarkranz um seine sonnengebräunte Glatze, ein Lachfaltenfeuerwerk an den Augen, und eine sanfte, näselnde Stimme, etwas kurzatmig, mit dem

einen Lungenflügel, der ihn nur noch belüftet, blickt immer lebensgierig auf seine Frau, auf Apfelbaum und Gemüsebeet und selbst – an jenem Nachmittag, als Stefan unten zum Tee eingeladen war – in den Honigtopf.

Nie hat er gewagt, vor seinem Vermieter zu rauchen, der es vor elf Jahren aufgegeben hatte, als bei ihm Krebs diagnostiziert worden war. »Erst war ich Pastor, dann Alkoholiker und jetzt bin ich für die Entwicklungszusammenarbeit tätig«, hatte er damals, den Honiglöffel über seiner Teetasse, erklärt. Immer wieder ist er monatelang in Afrika, und seine theologische Bibliothek füllt, in Umzugskartons, die halbe Garage. Stefan hatte sich dort mal einen Schraubenschlüssel heraussuchen dürfen und einen Deckel zu lupfen gewagt, unter dem in orangen Broschüren *Das Neue Testament Deutsch* gestapelt war...

Keine Topfpflanze musste im Wohnzimmer gemütlichkeitsschwangere Kerzenluft atmen: »Nein, Pflanzen gehören in den Garten!« Florian und Bianca lehnen Gefangenschaft selbst für die Flora ab. Handgetöpfertes stand auf einer dunkel gebeizten und sehr zerkratzten Anrichte, trotz all ihrer Verunglücktheit fingen selbstgemalte Portraits an den Wänden wacker Staub, ein Bücherschrank mit vier Tablaren enthielt zu oberst Wörterbücher, *Beginning Yorùbá* in zwei Bänden, *Swahili*, *Hausa*, *Igbo* (das müsste man schreiben: <u>Lieblingsbuch</u>: Das *Igbo-English/English-Igbo - Dictionary and Phrasebook*), darunter *Entwicklungshilfe und ihre Folgen* und *The White Man's Burden*, eingepfercht zwischen einem liegenden *Zettels Traum* und einer gelben, siebenbändig im Schuber auf der Seite stehenden Ausgabe der Werke Hans Henny Jahnns. Und inmitten von Broschuren, deren seltsame Titel – *Xango*, *Lazarus und die Waschmaschine*, *Notre-*

*Dame-des-Fleurs, Das andere Geschlecht, Sie kam und blieb* – ihn vage angesprochen hatten, zu vage aber, als dass er einen der Bände aus dem Regal hätte ziehen wollen, und Theaterstücken von Heiner Müller und Ionesco, Corneille und Calderon in kleinen, dünnen Taschenbuchausgaben, entzifferte er auf dem goldbedruckten Rückenschild eines ausgeschiedenen Bibliotheksexemplars: *A. Dulk, Der Irrgang des Lebens Jesu.* Ein dickes Buch mit abgewetztem Lederrücken, unwirklich, faszinierend wie eine Halluzination.

»Ja«, hatte Florian genäselt, ohne vom Tisch aufzustehen, »dem Schinken hab ich viel zu verdanken, der hat mir damals ermöglicht, den Kirchturm im Schatten der Flasche verschwinden zu lassen. Das hat wichtige Prozesse bei mir in Gang gebracht.«

Vor den Buchrücken war ein gerahmtes Foto ihres Sohnes aufgestellt. Der ist schon, seit ich hier wohne, in einem Internat im Harz. Im letzten Herbst war er zu Besuch hier gewesen, ein pubertierender Junge, den Stefan beobachtet hatte, als ihn am tief bewölkten Nachmittag Klagelaute von draußen veranlassten, vorsichtig die Gardine am Küchenfenster beiseitezuschieben: Biancas und Florians Sohn, bleich, ein dunkelbrauner Struwwelpeterkopf, war lauthals weinend durchs herabtaumelnde Laub auf Stelzen über den Rasen gestakst ...

Nun, da Stefan – verwirrt, erhitzt – in der spätnachmittäglich aquariumgrünen Küche seinen Einkaufsbeutel auf den Stuhl stellte, war das Laub vor dem Küchenfenster dicht; Bianca im Gemüsebeet konnte er von dort aus nicht erkennen. Das Bündel sonnenwarmer Salatblätter, Bohnenkraut, Salbei, Zitronenmelisse, Schnittlauch, Petersilie und zwei borstige Borretschblätter hatten in seiner Hand einen würzigen Geruch abgelagert. Er würde sich nicht sperren gegen den Versuch, diese Dinge zu essen. Bestimmt sind sie gesund. Doch versehentlich geriet zu viel Essig darauf, und er schlang das ganze Grün hastig, wie im Rachen brennende Medizin hinunter.

Über den Pappeln hing Dunst, in dem die Sonne, ein weißlicher Kloß, abwärts schwamm, und es blieb drückend heiß. Diesseits der Fliegengaze breitete sich der Geschmack von Käsebrot und Rotwein aus. Man müsste ... – selbstvergessen probierte Stefan durch das Schneiden verheerender Fratzen einen Krümel aus seiner Backentasche wegzuarbeiten – ... dieses eingekäfigte Gefühl abschütteln und etwas machen an so einem reizenden, schwülen Sommerabend. Manuel anrufen vielleicht. Das Telefon lag neben dem Weinglas vor ihm auf dem Tischchen und bestätigte piepsend jeden Tastendruck, doch Stefans Stimme hob sich nach der Begrüßung nicht mehr:

»Ah, ach so, na ja, das war auch nur so eine Idee; ich habe ja ohnehin eigentlich zu tun. – Nein, sonst ist alles wie immer. – Nö, keine Neuigkeiten. – Nein. Nein, lass uns da am besten gar nicht mehr drüber reden. – Gut. Dann ... – auf jeden Fall bis bald, ja? – Ja, tschüss!«

Sollte er also an einem solchen Abend alleine ausgehen in der Stadt? Schon der Vorstellung haftete etwas Deprimierendes an. Und beim letzten derartigen Anlauf, der umspielt gewesen war von Sprühregen und einem schneidenden Märzwind, hatte er erst nach zermürbend verzagtem Auf- und Abgehen eine Kneipe zu betreten gewagt, nur um dann in einer Ecke ungeduldig sein Bier auszutrinken und sich noch verlorener als sonst zu fühlen. Hätte ich eine Freundin, wir würden heute baden gehen, nackt im dämmrigen See.

Oder könnte man sich dazu auch alleine aufraffen? Wäre das nicht ein Ausdruck von Lebendigkeit? Los. Man muss den Sprung wagen. Von allen anstehenden Sprüngen den kleinsten zuerst! Warum nicht alleine? Gerade alleine kannst du doch im See baden, wenn dir danach ist!

Unten flimmerte Fernsehlicht durch die Riffelglastür der Vermieterwohnung in den dunklen Flur. Stefan schloss leise die Haustür und schlappte, ein Handtuch überm Arm, in Badelatschen den Weg entlang durch die Finsternis, über sich Scherenschnitte von Geäst und Laub. Eine Grille zirpte am Rand. Als er aus dem Hagebuttenweg heraustrat, war der Himmel zum nordwestlichen Horizont hin heller, fast noch cyanfleckig und klang pompös in violett glosender Röte aus. Auch auf dem Campingplatz regte sich in zwei Wohnwagenfenstern Fernsehlicht. Mit einem vorgestreckten Fuß tastete Stefan im Gras nach dem Trampelpfad, der hinterm letzten Caravan vorbei zum Wasser führte. Unter tiefhängenden Zweigen setzte er dann seine Schritte in vollendetes Dunkel. Aber der Lichtkegel einer Taschenlampe hätte die Szene noch spukhafter gemacht. Flüsternd sprach der See, jetzt belebt vom Spiegelbild eines Fledermausflugs, die Himmelsfarben nach: Schwarz, Blau, Rot. – Rot, über den Neubauten – Schwarz aller Schatten, Dickicht und Ufer – Blau, die Nacht, eine Farbkombination, in der Abschied mitschwingt, das Wegrollen eines Gummiballs aus der Kindheit unter die rostigen Gestänge, zu Staub und Strohresten in den Schutz eines Maschinenunterstands ...

Als er sein Unterhemd über den Kopf gezogen hatte, leckte die warme Luft an seinen Flanken. Am Ufer tappte er nackt nach einem Platz für Handtuch und Kleider und stieg achtsam auf Spitzes, Glitschiges, Schwammiges bis zu den

Knien ins Ungewisse; zumindest eine oberste Wasserschicht hatten die paar heißen Tage halbwegs aufgeheizt. Darunter war es eisig.

Das Handtuch deutete als heller Fleck an, wo seine Kleider lagen. Und in Stefan entwickelte sich ein Bild, das dieses Bündel dort morgen früh, unmissverständlich taufeucht im Sonnenschein, abgäbe; ein Tausendfüßler prüfte grade die Falten der Hose hinsichtlich ihrer Behausbarkeit, wenn ein Hundausführer heranträte. Der Hund würde kläffen, und sein Herr wöge das Handtuch in der Linken und blickte nachdenklich über den See, in dem er, der Schwimmer, einen Krampf bekommen haben und ertrunken sein könnte.

Diese Szene im Sinn schwamm der Schwimmer jetzt nur einen kleinen Bogen, einen Dreiviertelkreis um den hellen Handtuchfleck am Ufer herum. Etwas gluckste in die Stille.

Siehst du, es ist phantastisch. Stolz, allen Bedenken getrotzt und tatsächlich gebadet zu haben, allein, ungebunden und – selbstgenügsam, wird er jetzt gut schlafen können, bei offenem Fenster, nach den zwei Gläsern Wein, die in der Flasche noch aufgespart sind.

Lieblingstier: Panther und Adler!
Lieblingsgetränk: Wein! So weit, *Französischer Rotwein* zu schreiben, kann man nicht gehen. Da erweckt man, Wahrheit hin oder her, einen preziösen Eindruck. Was für ein kniffeliges Unterfangen! Sowie ich mich darstelle, ahme ich mich nach und muss mich ganz neu entwerfen, damit ich nicht, durch andere Augen betrachtet und verzerrt und missverstanden, zu einem anderen werde. Aber aus welchem Getränk lässt sich nichts weiter herauslesen als sein Geschmack? *Kaffee* klingt, als wolle man sich zum Denker verklären. *Tee*

verwiese auf Anglophilie. *Wasser* bekäme den prätentiösen Beigeschmack von Askese. Bei *Bier* schwänge die Kneipe mit und ein rüder, durchschnittswilliger Fernsehbauch. *Ziegenmilch* wäre läppisch originell, oder *Kwass* oder sowas ...

An dem Wort Kwass lutschte Stefan schon aufs Kopfkissen gebettet und streckte sich nach dem Lichtschalter. In der vergrisselten Dunkelheit drohte ein rautenförmiges Himmelsstück, das die Lider, herabgesenkt, löschten.

Der windige Schlaf blättert ein im Gras liegengebliebenes Sammelbilderalbum durch und bläst einer gleichgültig aufgeschlagenen Seite Leben ein. Das Albumbild, eine verwüstete Landschaft, komponiert aus Bauerngarten und Schrottplatz, beginnt sich zu bewegen. Stefan steigt über zerbrochene Latten und sucht seinen Weg zwischen geknickten Sträuchern, Mauerresten und Ruinen von Hütten, berankt mit Knöterich und Nesseln. Das sind Buntnesseln, die brennen nicht. Bianca lädt ihn ein, zu ihr in das Erdloch zu steigen. Es ist mit Hölzern abgestützt wie der Eingang zu einem Stollen, aber flach und enger als erwartet; hat Stefan eben noch gemeint, einen unterirdisch wegführenden Gang zu betreten, oder wenigstens in einen Bunker zu steigen, in dem er vor der Bedrückung alles Zerbrochenen geschützt wäre, sieht er nun, in der Klemme, ein bisschen wehmütig durch die vor dem Eingang herabhängenden Wurzelfransen nach draußen. In der Höhlung sind sie aneinandergedrängt; Bianca liegt auf dem Rücken, er kauert vor ihr. Sie ist nackt nur insofern, als alles an ihr haut- und haarfarben ist, und sagt, »also, denk dran, auf dich kommt es mir nicht an, wir wollen uns ausschließlich auf *mein* Vergnügen konzentrieren!« Die Haare zwischen ihren Schenkeln, die sie jetzt noch weiter grätscht, sind lang und knotig verfilzt. Er tastet, wobei er den Eindruck hat, viel zu kühn vorzugehen, zwischen speckigen Haarkloben nach der richtigen, erwünschten Stelle; auf der Öffnung liegt ein dickes Knäuel als hochklappbarer Deckel. Er klappt diesen Verschluss auf und zu, aber das erinnert ihn an die gesponnenen Abdeckungen auf den Erdröhren von Falltürspinnen, und dieser Einfall erschüttert ihn ...

... so sehr, dass er mit verschwitztem Hals aufwachte und seine gerümpfte Nase ins Kissen drückte, als wollte er sich den Traum vom Gesicht wischen. Als ob ich nur an meine eigene Befriedigung denken würde. Das führt doch in eine ganz verkehrte Richtung.

Der Hausschatten war vor seinem Fenster über die gesamte, vom Tau versilberte Weide hingestreckt. Nur die Spitzen der Pappelreihe wurden von einer unsichtbaren Sonne angeleuchtet.

Aber die Sensationen von Nacktheit und Berührung verharrten eindrucksvoll. Umgehend kniete er sich auf dem Bett hin und haschte nach diesen aufregend entblößten Schultern, Hüften, Leisten, Knien, Waden, Schenkeln, vergegenwärtigte sich die langwährende Unberührtheit seiner Haut, seiner Arme, seiner Brust; alles, bis in die verhornten Beeren seiner kleinen Zehen verlangte nach Fingern, Händen, Haut ... Es kann doch nicht wahr sein, dass man vor sich hin kümmert, weil einem ein so grundsätzliches Bedürfnis, das jeder Idiot zu stillen schafft, unerfüllt bleibt. Bianca bildete sich, sie entkleidet ihn, er geht baden mit ihr, ihren Brüsten, Fingerkuppen, ihren Fußknöcheln ... Von hinten sah Stefan aus wie ein Samurai, der anhaltend, mit wackelndem Ellenbogen Seppuku begeht, ein vorsorglich entfaltetes Papiertaschentuch vor sich auf dem Laken.

Erleichtert kuschelte er sich dann für nur noch fünf Minuten ein, doch als er wieder aufwachte, hatte sich der Himmel zugezogen. Und am Frühnachmittag gab es ein schwächliches Gewitter, das in Dauerregen überging. Ein durch den Fensterspalt hereinwehender Luftzug fügte der Sonntagsstimmung noch ein Frösteln hinzu.

Nachdem er abgewaschen und seine Küche bis an die Fußspitzen der Altglasarmee ausgefegt hatte, fühlte er sich versucht, Staub zu saugen, oder vielleicht das Badezimmer zu putzen, aber das wäre nun wirklich Flucht!

Zwing dich! Los, auf zum Sonnenberg bei seichtem Regenwetter!

Mit zusammengebissenen Zähnen rückte er seinen Stuhl dicht an den Schreibtisch, schob die Computertastatur zur Seite, den Monitor ganz an die Rückwand, und, das Kinn in die rechte Hand gestützt, schlug er mit links den kunststoffbeschichteten Deckel der Sonnenberg-Biographie auf und starrte erst das Portrait des Dichters und dann den Titel an:

*Spiridion Wukadinović*
*Franz von Sonnenberg*
*1927*
*Max Niemeyer Verlag // Halle (Saale)*

Es ist zum Heulen. Es wäre zum Heulen, wenn ich mich wenigstens schon ansatzweise darauf eingelassen hätte. So kann ich nur gefrieren zwischen dem offenen Buch und der tropfenbespritzten Fensterscheibe.

Ob Bianca schon mal mit in Afrika war? Oder fährt Florian da lieber alleine hin? Der sich entfaltende Bilderbogen ist zwiespältig. Konventionelle Wildnis, Giraffen und Gnus unter Schirmakazien, bedroht vom Wachstum, Plastikflaschen,

Raubbau, Absatzmarkterschließungen, dem Dreck der Welt; ein Satellitenphoto von Lagos, auf dem die Baracken, der graue Schlamm und das Kloakenwasser nicht auszumachen sind, Palmen, eine rote Staubpiste durch den Dschungel, Bürgerkriege, Privatarmeen, internationale ›Interessen‹ sind kaum mehr als Schlagworte; alle Spielarten menschlicher Grausamkeit, wie es sie überall in jeder Krisenzeit gegeben hat, entziehen sich ihm. Der Reiz Afrikas also – wo AIDS doch, sagt man, noch viel schlimmer grassieren soll als hier – liegt vor allem im Fremden, Unerreichbaren und in der Einbildung, dort vielleicht könne eine Erlösung lauern, die unser vertrautes Umfeld nicht zu bieten hat. Aber es wurmt, dass man über einen ganzen Kontinent so wenig weiß, und das Wenige fußt auf Gemeinplätzen, Vorurteilen und zum Panorama hochstilisierten Einzelaspekten.

Stefan setzt sich unter eine Palme, die Häuser werden von ihren Gärten überwuchert, und die blaue Linie zwischen Hügeln ist das Meer. Ihm gegenüber sitzt eine Ruandesin mit kurzem Haar und aufregend kleinen Ohren; aber ihr Ausdruck, ihre Sprache, er weiß nicht, womit er das speisen soll, und während er sich noch um ihre Wangenknochen bemüht, wird der Hintergrund verdunkelt, die Palme gegen einen Laternenmast und eine Markise ausgetauscht und bewährtes Kopfsteinpflaster auf den Boden gelegt, die unausdenkbare Ruandesin schiebt ihren Stuhl zurück und kondensiert zu einer schon von Weitem schüchtern winkenden *S. T.* Sie ist phantastisch. Sie lacht, als ich erkläre, wahrscheinlich sei Wein mein Lieblingsgetränk, aber sie solle nicht denken, ich sei Alkoholiker.

»Oh, aber sowas zu sagen ist typisch für Alkoholiker!«

Im Verlauf des Abends macht sie, je schöner und flüssiger

unser Gespräch wird, ein desto ernsteres Gesicht. Wir stehen beim Abschied. Sie hat den verwaschen bunten, grob gewebten Gurt ihrer Handtasche über der Schulter, und die Haare, die ihr in die Stirn hängen, reflektieren Straßenlampenlicht. Ich sage, es sei so ein schöner Abend gewesen mit ihr; ob wir das nicht ..., ob, oder wann wir uns wohl wiedersehen könnten? Ich fuchtele, weil ich gern ihre Schulter berühren würde, es aber nicht wage, vor ihr herum, bis sie meine Hand wie einen in den Draht geratenen Vogel einfängt und im Gehäuse ihrer Hände zur Ruhe bringt.

»Ich bin mir nicht sicher, sagt sie, ob das so eine gute Idee wäre, denn, weißt du, ich fand den Abend auch sehr schön, und ich finde dich echt gut und würde dich auch gern wiedersehen, aber, wenn wir hier wirklich weitergehen wollen, dann musst du wissen, ich ... bin positiv.«

»Ach, aber so negativ, wie es vielleicht jetzt den Anschein hatte, bin ich auch gar nicht! Ich übertreibe mit diesen Haltungen nur manchmal ein bisschen, das ist für mich so etwas wie ein Ventil, das erleichtert mich und ...«

Sie blickt zur Seite, verzieht den Mund, streicht sich dann die lichtbeglänzten Haare aus der Stirn und blickt mich so kalt an, dass die Abwendung, weg von mir, sich in ihrem Blick schon vorbereitet, als sie mich anzischt: »Mensch, so blöd kannst du doch nicht sein: ich bin H-I-V-positiv!«

Vielleicht hat es keinen Zweck. Die Möglichkeiten dieses Falls habe ich längst totphantasiert, so viele Abbilder von Möglichkeiten erzeugt, dass sie, überkrustet mit Farbschichten, erstarrt sind. Lass es bleiben. Vergiss es. Die Angst ist zu groß, die Hindernisse ... der Sprung, das ist zu tief, zu unabsehbar und schwindelerregend. Und doch wirst du so lange an sie denken, bis du es versucht hast. Eine schauerliche Aussicht. Es gibt schlicht keine andere Möglichkeit, dich von ihr zu erlösen. Mit diesem Ziel musst du sie ansprechen: fertig zu werden mit den Gedanken an sie. Dann kann kommen, was will.

Hinter Sprühregenschleiern verschwand die Wiese, unter Pfützen der Gartenweg, alle Pflanzen in silbrigem Glanz. Der Tag versank. Das einzige, was übrig blieb, aus ihm herausgewaschen und auf den Wassern treibend, waren Vorsätze:

**Erstens** nahm Stefan sich vor, früh schlafen zu gehen, friemelte ausnahmsweise Zahnseide aus dem Döschen, das seit dem letzten Besuch seiner Mutter auf dem Hängeschrank im Badezimmer verstaubte, in seine Zahnzwischenräume, bürstete danach fleißig mit Zahnpasta und drückte vor dem Spiegel einen Bernsteinsprössling aus seinem Nasenrücken; die Rötung würde über Nacht verschwinden. Dann warf er sich noch genau so einen kritischen, durch Strenge aufmunternden Blick zu, wie er ihn von seinem Vater, meinte er versuchsweise, vielleicht gerne gelegentlich erhalten hätte.

Um nicht Zeit mit Grübeln zu vertun, welche Einschlaflektüre heute am passendsten wäre, denn nach der herrlichen *Hochzeit des Mönchs* wollte er mit Conrad Ferdinand Meyers Novellen eine Pause einlegen und zog unter den zwei gehefteten Papierstößen auf seinem Nachttisch – der dünnere, *Der entfesselte Prometheus* von Siegfried Lipiner, den er sich nur kopiert hatte, weil bezüglich des Textes irgendwo von trunkenem Schwimmen im Wohlklang die Rede gewesen war, lag auf einem Roman von Hermann Schiff – wieder Jaccottets Gedichte hervor, las ein erstes aufmerksam, driftete beim nächsten schon weg, überflog noch vier weitere und knipste das Licht aus.

**Zweitens** wollte er morgen früh aufstehen, obwohl der Himmel trüb war. Immerhin regnete es nicht. Seine Nase hatte sich erholt, seine Füße schlüpften in frisch gewaschene, angenehm raue und etwas ausgeleierte Frotteesocken, während er das Haustürabschließen seiner Vermieter erlauschte und dann sogar ihr Auto aufschimmern sah, dort, wo der Weg am See abbiegt. Er konnte ungestört selbst das Haus verlassen und:

**Drittens**, zeitig in die Stadt fahren. Klein zusammengefaltet baumelte der Regenschirm an seinem Handgelenk, als Stefan nach Kleßfeld-Nord marschierte. Auf dem Bahnsteig waren die Pflastersteine in den Fugen noch nass, Montagsgesichter spitzten die Ohren, als eine Lautsprecherstimme sieben Minuten Verspätung ankündigte; alles wurde gut, und es gab einen Sitzplatz.

**Viertes** galt es im Lesesaal der Bibliothek mit der *Donatoa*-Lektüre zu beginnen und ein Gerüst für die Doktorarbeit zu konzipieren. Heute sind es noch genau drei Wochen bis zum Termin, ein Pulk von einundzwanzig Tagen ... Kein Grund, sich verrückt zu machen!

Am Lesesaalschalter fuhr er, weil er warten musste, mit dem Daumen in der Messingschiene des offenen Schiebefensters hin und her. Ein Versepos in vier Bänden. Zum einen erregt schon der Umfang Neugier, zum anderen bedeutet es, wenn man von einem Buch noch nie gehört hat, meistens, dass es in eine Richtung schlägt, für die man sich nicht interessiert. Stefan war überzeugt gewesen, ihm würden vier Quartbände aufgetischt werden, ledern, lang und breit wie sein Unterarm. Als die Bücher gebracht wurden, ging eine Aufwärtsbewegung durch sein Gesicht, ähnlich dem mimischen Reflex jamandes, der unvermutet mit einem Entenküken konfrontiert wird: Sie waren winzig, zierliche, zeigefingerdicke Seideneinbändchen mit Goldschnitten und alten, lieblos auf die Rücken gedruckten Signaturen.

Im Lesesaal wählte er einen Fensterplatz in weitestmöglicher Entfernung von zwei Glanzpunkten: einem frisch gewienerten Budapester, der dicht beim Eingang nonchalant unter einer der grünen, abgerundeten Tischkanten vorgestreckt war, und einer Glatze über einem Folianten, weiter hinten im Raum, wo sich die Leselampen gegen das Tageslicht behaupteten.

Der Verdacht lag nah, dass diese *Donatoa*-Bände seit 1806 ihre Unschuld bewahrten. Sie ließen sich ungern aufschlagen. Der Titel war umschmückt mit Bögen und Schlaufen, die Rauch anzudeuten schienen. *Donatoa ... Epopöie ... Erster Theil, I. Band ... Jena ... – Für Vater und Mutter ein Denkmal Kindlicher Liebe ... Pff ... Am Mutterherzen klopfte das Vaterherz ... aber groß geworden vor dem Bilde einer planetarischen Katastrophe, zog es, wie Heimweh nach den Thälern der Kindheit, mich immer zurück in die jugendliche Bilderwelt ... Das Gemälde einer untergehenden Welt ist groß, feierlich und fürchterlich, höchstes Schauerbild im Universum, durchaus Nachtgemälde. Der Eindruck auf das Gemüt ist düster und graunvoll.* Nach dem Vorwort kam eine Druckfehlerliste, viereinhalb doppelspaltige Seiten lang, und bestwillig begann Stefan mit dem ersten Gesang:

*Du, die den Sfären die ewigen Harmonien gelehret,*
*Und mit dem Sfärengesang die Welt zur Liebe begeistert,*
*Muse, o du, die das Licht vom Himmel zur Erde gebracht hat,*
*Sieh den Jüngling vor dir, ihn würdige deiner Herabkunft!*

Und schon verhärtete sich sein Herz; ihm schwante die

sängerische Großmäuligkeit eines Kleinkönners, er fühlte sich nicht geschickt in ein Geschehen geführt, sondern von Schaum umschäumt.

*Göttliche, komm, wie du über der Welt standst,*
*Als chaotisch noch unter dir rauschten die Wasser der Erde, ...*
– Aha, die Muse tritt als Gottes schwebender Geist auf, das ist nett; auch, dass sie der Welt *mit strahlender Hand die schwarze Windel* auszieht, fand er nicht schlecht und kam, wenn auch schleppend, durch das wiederholungsreiche Kreisen bis zur Seite 9. Dort machten ihn die Verse *Ach, mein Geliebtestes drängt mich hinweg, mich drängst du von dir weg! – Schutzkind! – Menschengeschlecht!!! ... ich kann die Welt nicht mehr führen!* unmutig.

*Helft, o helft, ihr Höheren, bald, mir sinket das Leitband!*
Wenn ich mich jetzt schon zum Vorblättern verleiten lasse, reißt der Faden. Man braucht Geduld, sich in den Rhythmus einzufinden.

Aber ehe er sich versah, war er dem Querlesen anheimgefallen, *Wehmut hauchte ... Morgenrot ... erloschen ... Sterne ... sanken ... Einzuschlummern ... Schattengewand ... sprach ... hinauf! ... Lüft' ... Zug ... Melodien ... der lieblichsten Hoffnungen bange Gespräche* – hopp! übersprang er einen ganzen Absatz – *Kinder des Äthers ... Religionen der Erde ... Wohnung Allvaters ... Liebe der Erde* – hopp! – *wieder Morgenröte* – hopp! – *Ufer des Weltalls* – und sprang so bis zur Seite 50 vor:

*Und mit entsetzlicher Wut, mit Nachhall krachend Getöse,*
*Stürzte der Stern, wie tausend Donnerschläge mit einmal,*
*Scholl er, und borsten, im schmetternden Hinsturz, Gegen-*
                                                        *den, borsten*
*Wüsten voll Ström', und dampfende Länder von seinem*

> *Gestad los,*
> *Sanken, wie kleinere Sterne, wie Sternenhimmel, herunter.*
> *Hoch auf der mittleren ... Trümmer ... umtobt ... die Wogen*
> *des*
> *Rachschwert Glutausströmungen dämpfend ...*

Was für ein Blödsinn. Selbst, wenn man sich ausnahmsweise an der Restwärme einer Satzkonstruktion aufhalten kann, findet man, sowie man weiterscharrt, nur kalte Asche. Flüchtig gemacht wirkt das, unausgereift ... Er blätterte den Band wie ein Daumenkino zu Ende. Den zweiten auch, den dritten ... – Warte, da war was ulkiges:

> *Ha, ich bin! so wüthet' er wider sich selbst und Jehova,*
> *Ha, ich bin! stirb, Ewigkeit! stirb, dass ich endlich nicht*
> *mehr bin! ....*
> *Ha, du graue Unendlichkeit! hast du für mich denn kein*
> *Grab nicht? ...*
> *Seyn! .... Ha, Seyn! du Hölle der Hölle! .... Dich läugn' ich,*
> *Jehova!*
> *Würmchen, du bist mein Gott! Komm, töte mich, Würmchen*
> *der*
> *Erde! .... Kannst du nicht? ha so vergeh! ....*

Hochkochend stieg Hass auf Ölpenauer-Schmitz wie beinahe weinen müssen in Stefans Kehle. Hatte der aus Sadismus dieses Thema vorgeschlagen, oder aus vollendeter Borniertheit? So ein blöder Mist, das ist ja überhaupt nicht zu fassen! Soll ich abgestraft werden, erniedrigt? Oder glaubt der Ölpenauer mit so einem Themenvorschlag in den Ruf zu geraten, seine Wege seien unergründlich?

Er musste schlucken. Und dann musste er sich sagen, da sei doch auch ein Tagebuch im Anhang des letzten Teils ... und ... Aphorismen, sowas ist doch immer leicht eingängig ...

Brich ab für heute und ... mach dir noch nicht zu viele Sorgen, denn ...

nichtsdestotrotz steht:

**Fünftens** fest, dass ich am nächsten Freitag wieder zum Wickriederplatz fahren und sie ansprechen werde. Dann wird sich alles lösen.

Fürs erste befeuerte die Aussicht, *alles* werde sich lösen, Stefans Entschluss, am Sonnenberg nicht vorschnell zu verzagen, sondern über die Sekundärliteratur einen Einstieg zu suchen. Er bestellte sich die Bücher *Dithyrambiker des Untergangs*, *Weltangst und Weltende*, *Poesie der Apokalypse* und *Abendländische Eschatologie*, schloss den Spind auf und steckte sie in seine Umhängetasche.

Am Freitag belauerte er sich schon, während er aus der Bahn stieg und es sacht zu stippern begann. Die Ampel war grün, die Sparkassenfiliale, Bäume und Boutique flogen an ihm vorbei. Und erst, als der Platz, noch vormittäglich, verhangen und windstill vor ihm lag, pochte das Blut in Stefans Hals, er bekam kaum Luft, zog an seinem Kragen, der ihn würgte, und ging weiter geradeaus, um sich an der dem Bioladen gegenüberliegenden Platzseite entlangzudrücken.

Tief – nochmal: Tief atmete er durch und machte ein klägliches Gesicht, weil er den Schwung seines Anlaufs verpuffen sah und weil er merkte, wie er, anstatt dem Griff seiner Angst im Vorüberlauf mit einer geschickten Pirouette ausgewichen zu sein und auf geradestem Weg den Laden gestürmt zu haben, nun krampfhaft aufrecht, bleich wie ein standhafter Pfarrer in Zeiten der Pest die Kanzel bestieg, die sein Herz überragt und sich selbst eine Predigt hielt:

Tja. Da ist keine andere Möglichkeit. Wie gesagt. Erlöse

dich ... Los! Setz dem Unfug ein Ende! Dies ist wichtig! Man muss der Angst entgegenlaufen, man darf ihr nicht zu entwischen suchen! Du stehst an keinem Abgrund, sondern lediglich vor einem Schritt, einem Sprung in ein erwachseneres, angemesseneres, würdigeres Leben hinein!

Inzwischen hatte er den Platz beinahe ganz umrundet und näherte sich dem Bioladen von der entgegengesetzten Seite. Zwanzig Schritte neben der Ladentür, vor dem Schaufenster eines Reisebüros, in dem ein britzebrauner Waschbrettbauch aus Pappe seine Freundin mit Meerwasser bespritzte, blieb er stehen, schüttelte seine kribbelnden Hände, sah auf den stillen, reglosen, aber bei jedem Pulsschlag verwackelnden Platz. So wird das nichts. Geh erstmal ein paar Schritte, verschnauf ein bisschen, damit dein dummes Herz zur Ruhe kommt.

Es konnte aber nicht zur Ruhe kommen, denn vor dem Eingang zum Bioladen fuchtelte mit ihren Spinnenfingern, gerippig fahl und röchelnd seine Angst; zurück vor ihr wich er aber in Gefahr, wieder durch die Bodenluke zwischen die Mühlsteine seines Denkens zu stürzen. Der Frau, die am Schreibtisch in dem Reisebüro telefonierte, musste er vorkommen wie jemand, der von einer Verabredung im Stich gelassen worden war, so verloren bebte er vor dem Fenster. Der Gedanke, seine Situation könne derart überschätzt werden, trieb ihn weg von dort, in eine Seitenstraße, vor das hohe, an der einen Seite etwas verknickte Maschendrahttor eines Kindergartenspielplatzes.

Sein sturmgepeitschtes Gedächtnis, *Gischt um den Bug wie Flocken von Schnee*, pumpte auf den Plan, was ihm nur einfiel, bis es am ›Sprung in würdigeres Leben‹ einen Fokus fand, zu dem es – *Der Nebel wich zerstreut zurück,* – ein Bild hervorkramte – *Da wichen Freud' und Lust; –*, den Sprungturm im Schwimmunterricht, den Stefan als Vorschüler – *Je weiter unsres Auges Blick,* – schon in der Badeanstalt – *Je enger unsre Brust ...* – mit noppigen Fliesen, grau im Chlorgeruch späterer Mittwochvormittage hatte nehmen müssen. Sprosse um Sprosse war er damals, getrieben von einer hypnotisch filibusternden Schwimmlehrerstimme die Leiter des von Weitem schon boshaften Gebildes hinaufgeklettert und hatte in der Tiefe den Affenrücken eines Mannes mit schwarzweißer Bademütze kleiner werden sehen. Ein Röhrengeländer, an dem Stefan sich dort oben festhielt, spiegelte alles ebenso verzeichnet wieder, wie dasjenige an der Stadtbahnhaltestelle. Unter seinen Fußsohlen fühlte er den Schmirgelpapierbezug des Sprungbretts. Nach vorne gehen zur federnden Brettspitze, von wo in der Tiefe die Fliesen am Grund unter den Wellenbewegungen aus ihrer Symmetrie hampelten, mochte er nicht.

»Machs dir doch nicht so schwer, letztens gings doch auch!«, suggerierte der Schwimmlehrer von unten. Stefan wusste, hinterher würde es ein Siegesrausch sein, und die anderen Kinder hopsten hier freudig und selbstverständlich hinunter. Aber seine Hände blieben um die Geländerröhren gespannt, die Beine angewurzelt, nein, es ging nicht. Er war wieder hinuntergestiegen, rückwärts, trotzig, obwohl er sich dabei seines lächerlich vorgestreckten Hinterns schämte.

Angeödet hatte ein junger Bademeister die Szene beobachtet; vielleicht war ihm dieses hasenfüßige Kind auf die Nerven gegangen. Er hatte Stefan bei der nackten, nassen Schulter gefasst und sein vom Rasierwasser umdunstetes Schmunzeln zu ihm herabgeneigt:

»Hör mal, wenn du springst, dann kriegst du Schokolade!« Zunächst hatte Stefan gemeint, er hätte nicht recht verstanden; aber nach einigem Drucksen und Frösteln in der Sprungturmhöhe hatte er sich verpflichtet gefühlt, die Aussicht auf Schokolade als Ansporn zu akzeptieren. Er war hinabgesprungen in die lauwarme Furcht und war dann triumphierend zur Loge des Bademeisters stolziert, um seine Belohnung entgegenzunehmen. Der aber hatte gelacht, draußen sei ein Kiosk, da könne er sich selbst Schokolade kaufen. Als Stefan entsetzt insistierte: »Sie haben es aber versprochen!«, hatte der Bademeister sich wieder den Köpfen im tanzenden Wasser zugewandt und roh geantwortet, er habe überhaupt nichts versprochen; mit einer, an seiner Hüfte vorbei in die Luft wischenden Handbewegung hatte er ihn aus der Loge gescheucht. Dieses Erlebnis war Stefan so unerhört vorgekommen, dass er es regelrecht nicht hatte auffassen können. Erst als seine Mutter ihm im Auto auf der Rückfahrt erklärte, das sei doch nur ein Trick gewesen, konnte er sich entrüsten. Und seitdem war er nie mehr vom Dreimeterbrett gesprungen.

Hinter dem Maschendrahttor, hier, unter der Bewölkung, umgeben von mehrstöckigen Hauswänden, gab es eine Rutsche, ein Klettergerüst, Schaukeln und bunte Holzenten, mit Sitzen auf den Rücken und dicken Spiralen anstatt der Beine, auf denen, wer klein ist, wippen kann. Beengt wirkte der Spielplatz vielleicht nur, weil er in einem Hof war und wegen des hohen Drahtgitters. Ob man die Vorstellung, Kinder haben, sie zeugen zu können, weniger erschreckend fände, wenn man seine eigene Kindheit mehr genossen hätte? Aber zwiespältige Kindheitserinnerungen sind bestimmt weitverbreitet, und trotzdem bekommen viele Leute Kinder. Mein Instinkt ist seltsamerweise hartnäckig dagegen. Das ist aber doch eine drückebergerische Verantwortungsscheu, oder? Kinder sollen ja auch bereichern, nicht nur behindern; sie nötigen uns, verantwortungsvoll und erwachsen zu sein, stelle ich mir vor. Am See, die funkelnden Mädchen und Jungen, an denen ich im letzten Sommer, als es anhaltend heiß war, regelmäßig vorbeikam, sie wirkten nett, froh, klug und ließen es erstaunlich scheinen, dass sie aus Eltern, aus Hüftbewegungen, Sekreten, Säuglingen entstanden sind.

Sie – *Siri Talber* – wünscht sich Kinder. Wir sind uns so einig, und so wohlig verströmen wir uns an einander, dass wir ihre Schwangerschaften als natürlichen Bestandteil unserer Tage im verknitterten, duftigen, sonnen- und körperwarmen Bettzeug begrüßen. Selbst, als Siri in der letzten Zeit öfter unter Kopfschmerzen leidet, sind unsere Kinder mit ihren Kringelhaaren liebevoll in den verdunkelten Zimmern und reichen Paracetamol und Wasserglas, während ich ihrer Mutter einen kalten Umschlag mache, obwohl die Gelbe unserer Wohnung nun einer schummerigen Gräue weicht. Als ich vom Einkaufen zurückkomme und die Haustür aufschließe, brechen die Kinder, allein im Flur, ein Spiel verlegen ab. Anfangs denke ich mir nichts dabei, dass sie sich unsicher kichernd am Türpfosten vorbeidrücken, bis das Mädchen beschließt, mich teilhaben zu lassen an dem, was Mama ihnen eben vorgemacht hat, einen Scherz vielleicht, dem sie nicht folgen konnten. »Papa, guck mal«, sagt sie und ruft, sich zu maschinellem Stottern steigernd »Wa-wa-wa-wa-wa«; dazu lässt sie ihr Händchen in einer immer wieder nicht zu Ende geführten Bewegung ihrem Gesicht entgegen schnellen, und als sie allen Atem ausgestottert hat, saugt sie schnatternd, mit aufgerissenen Augen neuen ein.

»Kind! Was machst du denn da?!«

»So hat Mama das eben gemacht.«

Auf die Ergebnisse der Untersuchung in der medizinischen Hochschule warten wir nicht, denn wir vertrauen unserem Glück, dessen Ausdehnung keinen Raum lässt für Trübungen durch eine vorübergehende Aphasie. Doch die Ergebnisse kommen. Hinter den Zähnen des Arztes glibbert die Zunge wie eine heimtückische, krankhafte Wucherung, als er »Glioblastom« sagt. Siri hat einen Tumor in ihrem Gehirn und es heißt, nach einer Operation könne sie noch einige Jahre leben, wenn auch nicht auszuschließen sei, dass sie die übrigen ihrer Tage mit verkrampftem Gesicht, sabbernd und sprechunfähig in einem Rollstuhl zu fristen hätte. Aber sie überlebt die Operation nicht.

Nun fängt es doch zu regnen an, zu leicht, als dass es sich lohnte, den Regenschirm dagegen aufzuspannen. Nur einzelne Tropfen tüpfeln die Gehwegplatten. Unter den Holunderzweigen, die neben dem Tor durch den Maschendraht gewachsen sind, steht man geschützt.

Ein Kind könnte sie tatsächlich haben; sie würde es erwähnen, wenn wir uns kennenlernten, bei dem ersten Gespräch im Café; nicht mit einem schwärmerischen Lächeln vielleicht, sondern mit einem ernsten, Nachfragen im Vorfeld abschneidenden Seitenblick, der ein Schweigen in unser heiteres Gespräch wirft, das wir überspielen müssen:

»Mein Sternzeichen ist *Krebs*, meine Haarfarbe ist dunkelblond, die Augen sind graublau, guck.« Sie starrt mir in die Augen, blinzelt, weil ihr Haare ins Gesicht fallen, lacht ein bisschen. »Ich wiege nicht so viel, ich glaube achtundsechzig Kilo und bin einen Meter und einundachtzig groß. Einen Spitznamen habe ich nie bekommen, und Hobbys, hm, eigentlich habe ich wahrscheinlich keine, ich lese gerne, und die Zeit rinnt mir immer schnell durch die Finger. Ach ja, ich fahre Fahrrad, normalerweise mindestens einmal in der

Woche mindestens achtzig Kilometer. Nun muss ich erst das Rad unbedingt wieder reparieren. Meine Lieblingstiere sind Plumploris und Hyänen. Musik allerdings, muss ich sagen, höre ich eher selten. Und wenn, dann ... mehr ... kl... assische ... S-sssachen ... Was mich an Musik abstößt, ist, wenn sie mir Emotionen aufdrängen will. Da dudelt eine Trompetgruppe, Leute johlen und genießen es, laut zu sein; alle Wahrnehmung, jedes komplizierte Empfinden wird betäubt und durch ein gemeinschaftliches Ventil gepresst, aus dem dann eine aufgesetzte, fettglänzende, pustebackige Ausgelassenheit herausspritzt ...

Meine *guten Eigenschaften* sind ... Hm ... Ich bin ... ziemlich ...« Nein, Unsinn, das kann ich nicht sagen, und zum Glück muss man das auch nicht. Sie veranstaltet ja keinen psychologischen Test mit mir. »Aber meine *schlechten Eigenschaften* sind Schüchternheit und eine grundsätzliche Ratlosigkeit; außerdem fällt es mir schwer, meine guten Eigenschaften festzumachen und mich zu ihnen zu bekennen.

*Traumberuf*? Ich wünschte meine Träume gingen überhaupt in Richtung auf einen Beruf. Allerdings muss ich sagen, fände ich es auch, angesichts der Aussicht auf Klimawandel und einen absehbaren Kollaps der Natur, zu schweigen vom ›Siegeszug künstlicher Intelligenz‹ ein bisschen lächerlich, wenn ich mir um einen Beruf den Kopf zerbrechen würde, um Vorsorge für ein ungewisses Alter und um Geld als müden Trost gegen den Taumel in einem solchen Teufelskreis.

Mein *Traumtyp*? Oh, mein Traumtyp hat lange, strohern durchsträhnte Haare, eine gerade, ehrenwerte, abwärtig ernste Nase und guckt beredt; ihre Wangen sind schmal und ...« Es fällt mir nicht leicht, aus der Erinnerung die Einzelheiten ihres Gesichts zusammenzubringen. Etwas Beruhigendes geht von ihr aus. Vielleicht hat sie an einem ihrer Schlüsselbeine einen erhabenen Leberfleck. Oder stimmt das nicht? Gehören deine Phantasien nicht einer ganzen Kompanie von Haremsdamen? Scheinen dir nicht aus deinem theoretischen Abstand betrachtet, dunkelhaarige und womöglich auch dunkelhäutige Frauen viel attraktiver, zumal wenn sie gebildet sind, eigenständig, freundschaftsfähig? Stimmt: »... die Frauen, die meine Träume bevölkern sind eigenständig und freundschaftsfähig, und wenn sie nicht gebildet sind, dann wollen sie es werden.«

»Nein in festen Händen bin ich nicht.«
»Und verliebt? Gibt es da jemanden?«
»Hhhhhh ...«, ein langer, lautgehauchter Seufzer, »hhhh-hja, schon, gibt es ...«
Und dann beginnt sich langsam eine Beziehung zu kristallisieren, behutsam, mit Distanzen: Immer, wenn ich sie besuche, schläft ihr Kind schon. Es vergehen zwei Monate; wir sind schnell routiniert miteinander. In ihren Zimmern ist es staubig; die Schrankwand ist mit Holzimitat beschichtet, das sich an einer Ecke schon löst. Im Flur borden Körbe voller Wäsche über. Und die Kissenelemente des Cordsofas, auf dem eine verknüllte Wolldecke in immer anderen Stellungen liegt, schieben sich nach vorne, wenn man darauf sitzt. Man sieht benutzte Taschentücher, Fingernagelspäne und einen Schnuller in der Spalte.

Obwohl wir uns voreinander hüten und uns nur Exzerpte unserer Leben präsentieren, begegne ich ihr einmal nachmittags zufällig auf der Straße. Sie schiebt eine Kinderkarre, und als sie mich kommen sieht, guckt sie zu Boden und reibt sich mit dem Daumen ihre Stirn. Diese ungeplante Begegnung entzieht unsere Bekanntschaft unserer Kontrolle, sie verselbständigt sich und überrennt uns. Es sind nicht mehr nur die gewählten Stunden, in denen wir uns küssten und miteinander schliefen. Der Dauerzustand bricht ein. Sie begrüßt mich abweisend, mit einem lauernden Blick. Im Willen, höflich und leichtmütig ihre Beunruhigung zu zerstreuen, beuge ich mich zu dem Kind in der Karre hinab, wäre aber beinah zurückgeprallt: Aus dem zu großen, höckerigen Kinderkopf quillt ein von Grind umgebenes Auge hervor. Ein röchelndes Keuchen kommt aus seinem Mund, in dem die drei Finger seiner einzigen Hand stecken. Ich versuche dem Anblick dieses Kindes standzuhalten, werde aber von Ekel überwältigt. Von nun an, als wage dieses Wesen erst jetzt, da ich es gesehen habe, sich bemerkbar zu machen, weint es nachts und verschattet mir die Aufenthalte bei seiner Mutter, mit der ich fernsehe, weil wir uns nichts mehr zu sagen wissen. Wie könnten wir es auch wagen, uns nun noch mehr voneinander zu erzählen? Sie schreckt vom Sofa hoch und verschwindet im duffigen, engen Flur. Dann scheint die Stille zu federn unter dem hektischen Laufschritt, in dem sie auf bloßen Füßen zurückkehrt: »Schnell, du musst mir helfen, es erstickt!« Als sie mich das Kind halten lässt, merkt sie, wie unfähig ich bin, meinen Abscheu vor ihm zu überwinden. Und später, als der Krankenwagen es weggebracht hat, weint sie und bittet mich inständig, sie nicht wegen dieses Kindes zu verlassen. Für sie sei das auch unsäglich schwer, sie ekele sich, sie wolle das aber nicht, wenn es schon so sei, das Kind, dann müsse sie ihm alles geben, damit es sich wenigstens unbeschwert entwickeln könne und nicht noch mehr Schaden nähme. Er müsse ihr helfen, Stabilität zu schaffen, er müsse nun mit ihr Familie sein für dieses Kind!

Ich schließe ihre Haustür hinter mir so, wie man aus einem Albtraum erwacht. Und vor dem Bahnhofsportal steigt mir darüber, dass sie mich des Kindes wegen nie besuchen konnte, dass es mir gelungen war, betreffs meiner Adresse immer unbestimmt zu bleiben, und dass ich nun nie mehr zu ihr zurückkehren werde, eine wilde, eine erleichtert geradezu aufbrüllen wollende Freude in die Kehle.

Ist es nicht immer ein Käfig, den man sich baut, indem man eine Beziehung stabil werden lässt, elternhaft, verholzt? Selbst wenn es nett ist, wenn man sich gut versteht? Wie gutes Verständnis zwischen zwei Menschen ist ausmalbar? Ist es nicht auf allen Seiten von Böschungen und Abgründen umgeben? Man ist aufgerufen, Kompromisse zu machen. Und dann muss man ein Gespür dafür entwickeln, wie weit man im Kompromissemachen gehen darf, ohne sich selbst zu verraten. Plötzlich nämlich ist von keinem Abenteuer, keiner Chinareise mehr die Rede, *Sandra Tatter* erinnert sich nicht mehr, wie sie empfunden hatte, als sie frisch mit mir zusammen gewesen war und mutig, aufrecht verkündet hatte: »Wer weiß schon, wo wir in zwei Jahren zu sein beschließen ...«, sondern sie meckert, ich solle ein Einsehen haben. »Abenteuer ... das sind Sachen, die kann man machen, wenn man zwanzig ist. Aber jetzt ...« Jetzt muss es vorangehen, aufwärts. »Guck, das Baby von Maik und Annette ist schon auf dem Ultraschallbild zu erkennen!« Sie will alles fixieren: »Du kannst so nicht weitermachen, du brauchst jetzt einen festen Job!« Können wir uns weiterhin gut verstehen, wenn sie Geld verdient und ein Haus kaufen will, wenn unsere Tage wie Nachtfalter um die Windlichter ›Arbeit‹ und ›Entspannung‹ kreisen? »Ab und zu muss ich hier einfach mal raus! Und für Pauschalreisen gibt es so günstige Angebote!«

Dann ist das Haus erreicht, ein selbstgebackener Luxustraum auf Gründerzeitbasis, ein Vogelkäfig mit Großraumküche in Stahl, *pulverbeschichtet* und *einbrennlackiert*, mit einer retromodischen, gusseisernen Badewanne, die als Zitat ein mattweißes Jugendstil-Idyll beschwört. Anstatt einen Schreibtisch und ein Bücherregal zu beherbergen, wird das dreiseitig befensterte Turmkämmerchen als Ankleideraum unterfordert. Und im gemeinsamen Schlafzimmer hängt eine Fotoserie ihres Gähnens an der Wand.

Aber warum lasse ich das alles so geschehen, wenn es mir nicht gefällt? Weil ich kompromissbereit sein will. Verteilt nicht eine Zweierkonstellation notwendig Rollen? Wie soll man Grenzen setzen, wenn man einfühlsam ist und alles zu verstehen meint? Grenzen setzt, wer seine eigenen Bedürfnisse im Vordergrund sieht. Wer alles versteht, ist schmiegsam und verliert sich. Wenn du nichts forderst, formst du nichts. Du verlässt diesen Vogelkäfig morgens, um Dosenmilch, Tabak, Streichhölzer zu kaufen, verschallst aber, verwehst, gehst zum Bahnhof, fährst die Rolltreppe hinauf zum Bahnsteig; während du auf den Zug wartest, rauchst du eine Zigarette im Raucherbereich, undurchschaubar; höchstens hast du noch nicht gefrühstückt und einen schlechten Geschmack im Mund. Die Pfütze in einer Asphaltvertiefung jenseits des Überdaches wirft einen Sonnenstrahl herüber, der dich blendet, und ein Kind hat seinen Ball fallen lassen, dem es nachhastet, eine junge Frau besaugstückt ein Fläschchen für ihren Säugling, ein älterer Mann nimmt seinen Hut ab und hustet hinein. Du kehrst nicht zurück. Und zwei Straßen oder zwei Städte weiter gründest du ein neues Lied.

Du zitterst ja richtig. Beruhig dich doch. Plötzlich kam es ihm aber ganz schön kühl vor unter dem Holunderstrauch neben dem Maschendrahttor. Tropfen fielen nur noch sehr vereinzelt. Stefan setzte einen Fuß auf das gesprenkelte Pflaster – nein, es hat fast aufgehört – und atmete durch, noch einmal, tief.

Er mied den Platz und strebte in die nächste Seitenstraße. Ich werde eine Runde machen, einen Kreis ziehen um diese, vom Bioladen gesäumte Fläche; ich werde ihn einkreisen, bis ich mich gesammelt habe.

Und dann ...

Dann ... gehst du dort im Laden kurz vorbei, kaufst eine Kleinigkeit und lächelst ihr zu, und wenn sie zurücklächelt, sagst du ... – irgend etwas brückenbauerisches, wie geplant.

Von einem Gebüsch trug ein kühler Luftzug Blütenduft zu ihm herüber. Es ist komisch, dass man immer, wenn man sich eine Liebesgeschichte auszumalen sucht, wie im Traum die Haken sieht, an denen man sich verheddern wird. Liegt das daran, dass ich jede Liebesgeschichte meiner eigenen Verantwortung aufschultere und ihren Ablauf schon beargwöhne, ehe er in Bewegung gesetzt ist? O weh, von da ist es nur ein kleiner Schritt zu der Haltung altbackener Liebesbarden, die ein beliebig-begehrbares Femininum für unerreichbar erklärten und es auf ein Podest setzten, um verschanzt gegen jede Befriedigung fortwährend ausdrucksselig leidend genießen zu können!

Kann es aber auch nie mal eine heroleandrische Liebe sein, in der ich mich gehen lassen könnte? Etwas Hundertprozentiges – oder vielmehr eine Leidenschaft, die gar nicht nötig hätte mit Prozentigkeit zu protzen.

Doch ins Große schwillt Erwartung wahrscheinlich nur, wenn ein Hindernis die Erfüllung verbaut. *O, wie liebt*, heißt es doch, *der Mensch, wenn sich zwischen ihn und das Geliebte die Unmöglichkeit stellt.* Und dass Erfüllung, wenigstens zu glatte und schnelle Erfüllung, die Liebe gefährde, kann man an jeder Ecke aufschnappen. Dann wird sie instabil. Doch stabil muss sie sein, denn der Anziehung folgt eine Kollision zweier Planeten mit Erschütterungen, Untergängen. Dann verpufft die brennende Bewegung, und wenn sich der Rauch verzogen hat, stehen wir da, vertrieben aus dem Garten Eden ins widerborstige Ackerland, zum Schamhaar auf der Seife der Wirklichkeit. Aber wo kann es heute noch ein echtes Hindernis geben, an dem eine Leidenschaft hochlodern würde?

Zum Beispiel, wenn sie verheiratet wäre, ihr ungeliebter Mann schwer krank und von ihr abhängig? Sie muss sich immer heimlich mit mir treffen, weil sie für den Bedauernswerten, der künstlich beatmet im Rollstuhl sitzt, verantwortlich ist. Wenn er schläft, schleichen wir uns ins Gästezimmer in den Keller. Manchmal wacht er auf und drückt die Alarmklingel. Aber er kann nicht mehr sprechen, und sie fühlt sich schuldig, weil sie meint, er könne ihr Stöhnen gehört haben. Das allerdings ist kein Hindernis, da wäre das Finden einer Lösung ja gemeinhin akzeptiert. Sogar ihr Mann würde seiner schwachen Hand einen Freibrief abringen, gekrakelten auf den Rand einer Illustrierten: *Lass mich. Lebe!*

In einer anderen Zeit oder im Rahmen einer autoritäreren Kultur würde man auf Hindernissuche leichter fündig. Da machen starre, allgemein gutgeheißene Regeln, gegen die angerannt werden kann, Epen möglich, Tragödien und die Liebe, die erst stark und erzählbar ist, wenn sie ein Verbrechen wird und die Liebenden auf einsame Inseln ins Marginale drängt. Dort endlich sind sie kein Bestandteil mehr und unverantwortlich ... Seit Adam und Eva waren alle großen

Liebenden Ausgestoßene, *abtrünnig ... treu ... Im Quell deiner Augen treibend und träumend von Raub.* Aber das ist doch heute und im sanften Mitteleuropa noch genauso: Lockend-liederliche Tabus schockieren jetzt mehr als 1955 ... Die Liebesgeschichte vom vierzigjährigen katholischen Priester und einem Chorknaben erregt ähnliche Kopfschmerzen wie mein Versuch, mir lichtgeschwinde Wege im Weltraum begreiflich zu machen, und der exzellente Albtraum einer Friseuse aus Ostrau und eines IT-Beraters aus Dschibuti, die einander mochten, zum Beispiel in Reinhardtsdorf-Schöna in der Sächsischen Schweiz, endet morgens um drei an einer Bushaltestelle mit blutdurchnässtem Haar, das am Asphalt festfriert.

Über Romeos und Julias Liebe haben die jungen Mädchen auf Samoa verächtlich ihre Köpfe geschüttelt: dass *er* nur in *ihr* er selbst zu sein meinte, dass einzig *sie* seines Herzens wahre Wohnstatt war, in der die übrige Welt zum flüchtigen Traum verschwamm, fanden diese sonnenverwöhnten Insulanerinnen blöd. Vielleicht hatten sie damit genau recht. Wer sagt, es müsse für immer und wie Ehe alten Stiles sein? Vielleicht sitzt sie, sie, *Sonja Talbot*, mir kerzenbestrahlt am Cafétisch gegenüber. Meine Lieblingstiere sind Eichhörnchen und Adler.

»Und welches sind deine guten Eigenschaften?«

»Hm ... Ich glaube, ich habe ziemlich viel Phantasie. Und meine schlechten Eigenschaften sind ... Schüchternheit; die ›Dinge des Lebens‹ wachsen mir oft über den Kopf. Ich sitze, so kommt es mir manchmal vor, ein bisschen zwischen den Unmöglichkeiten eingekeilt.«

Sie lacht und schüttelt ungläubig den Kopf und greift nach meiner Hand.

»Findest du nicht, wir sollten zusammenwohnen? Du bist doch sowieso die meiste Zeit bei mir«, sagt sie ein halbes Jahr später, morgens am Küchentisch in den aus ihrem Teebecher steigenden Dampf hinein. Und tatsächlich verstehen wir uns gut, abgesehen von wahrscheinlich üblichen Kleinigkeiten, wie der, dass sie von der Idee, auf dem Land mit Garten zu wohnen, so unbegeistert ist, dass sie mich aus einem Albtraum weckt und ich mich, während mir das Herz noch durch die Brust poltert, von ihren halbnackten Streicheleien unverstanden fühle. Wer selbst keine so strengen Vorstellungen davon hat, was er will, kann sich eben leichter einlassen auf die Vorstellungen seiner Geliebten. Ich habe ein Zimmer für mich allein, schließe die Promotion ... Die Promotion war ein so beißender Wind in den Zweigen seines Denkens, ein Knistern in den Ohren, dass ... Pschscht, ist schon gut, hier, an den Müllcontainern vorbei, vergiss die Promotion für jetzt und konzentrier dich!: Ich schließe das ab und arbeite an der Uni ... Siehst du, wir heiraten sogar. Es ergibt sich, sie wünscht es sich, und schließlich, rede ich mir ein, warum auch nicht? Das kostet einen Vormittag und einen Gang ins Rathaus, Bohnerwachsgeruch, dunkles Holz, eine gar nicht so autoritäre Bürotür geht auf, wo ich lautlos schwingende Mahagoniflügel erwartet hätte:

»Wollen Sie, Stefan Schliefenbeck ...?«

»Ja.« Warum nicht? Ich will. Und dann ist es ein aufregender Moment, als Sonja mich abends vom Sofa her strahlend aufgeweicht ansieht, ein Weinglas voll Wasser vor sich, dessen Fuß vom Leselampenlicht auf die Tischplatte zu einer Form projiziert wird, die aussieht wie ein Modell des Raums, der sich einer Singularität entgegenkrümmt und in dem ein Oval voller Regenbogenfarben langgezogen wird.

Ich erschrecke mich nicht, als sie sagt, sie sei schwanger. Wir sind ja erwachsene Leute, erprobt genug, um Verantwortung zu übernehmen. Die Haut an ihrem Bauch spannt sich, der Nabel wölbt sich vor, ich beklebe das kleine dritte Zimmer unserer Wohnung mit einer Tapete, auf der Kreise, Dreiecke und Quadrate in den Primärfarben herabregnen, und Sonjas Mutter bringt Deckchen, Lätzchen und Ratschläge, die Sonja erst dankbar anzunehmen vorgibt, später aber als überholt verwirft.

Die Geburt wird leicht. Heute wartet ein Mann im Krankenhaus nicht mehr rauchend auf dem Gang, bis ihn die Schwester ruft und sagt, es sei ein Mädchen, soundsoviel Gramm. Er ist im Kreißsaal dabei. Er hat einen sterilen Kittel an, fürchtet sich und steht im Weg. »Aber Herr Schliefenbeck, machen Sie nicht so ein Gesicht! Ein Vater hilft bei der Geburt schon, indem er nur die Hand der Mutter hält, ihren Kopf massiert oder Kaffee holt! Und sie haben hier nichts durchzustehen, Sie können das hier jederzeit abbrechen, ohne dass irgend jemand enttäuscht wäre ...« Ich bin vorbereitet worden auf alles, was mich im Zuge der Geburt verstören könnte; es sei nicht ungewöhnlich, dass die werdende Mutter zwischen den Krampfattacken faucht, ich solle meine »dreckigen Pfoten« von ihr lassen, ich sei ein »widerliches Schwein« und »gar nicht richtig bei der Sache«, und auch von ihren heiseren Schreien lasse ich mich nicht aus dem Konzept bringen, stehe bei ihrem Kopf, tupfe Schweiß von ihrer Stirn und murmele sinnlose Worte.

Nach der Geburt ist sie ein paar Monate lang schwach und leicht reizbar, allerdings noch schöner als vor ihrer Schwangerschaft, ein schmales, blondes, zartädriges Wesen, das mich dankbar anfunkelt und sich meiner sicher fühlt. Mit ihrem flockigen, großmaschigen Schal und der altrosa Mütze beugt sie sich auf dem Weg zum Spielplatz vor kahlen Parkbäumen über den Kinderwagen. Sie erlaubt mir, zehn Schritte entfernt eine Zigarette zu rauchen. Und die Aufzucht des kleinen Jungen nimmt uns beide mit sättigender Freude ein. Er sieht ihr ähnlich und ist niedlich, hört auf, in jeder Nacht zu weinen, lächelt und sitzt mit mir auf einer Decke im Gras. Sein Köpfchen schwankt wie eine Knospe am Stiel auf dem zerbrechlich dünnen Nacken. Und als mir vor dem Bahnhof, den ich nur noch unregelmäßig betrete, unterwegs zu Kolloquien, von denen ich nach drei sehnsuchtsvollen Tagen wieder heimkehre, erneut Carsten Löhr über den Weg läuft, ist *mein Sohn* schon fast ein Jahr alt. Wieder hat Carsten eine Baseballkappe auf, genau so eine, wie hier in diesem Schaufenster ausgestellt ist, grün, an der Stirnseite einen Hirschkopf mit hohem Geweih vor einem spitzwinkelig abwärts weisenden roten Dreieck. Darunter steht *Milwaukee BUCKS*.

Carsten erzählt, er habe nach langem Schweifen – »Ich weiß nicht, mit wie vielen Frauen ich im letzten Jahr geschlafen habe, aber jetzt, bei dieser bin ich irgendwie echt kleben geblieben. Das ist mir so noch nie passiert.« – nun plötzlich auch eine feste Freundin. »Ich bin völlig hin und weg von der.« Gönnerhaft kann ich dazu nicken, denn mich, der ich in die Sphäre der Vaterschaft aufgerückt bin, betrifft das alles nicht. Doch ist dieses Podest, auf dem ich stehe, nicht aus Marmor, sondern ein hölzernes Schafott, das knarrt, denn Carsten hat nun auch eine Liebe gefunden und wird mir alles leicht nachtun. Auf Augenhöhe müssen wir stolz, mit selbstgefälliger Rührung über Freuden und Kalamitäten der Beweibtheit palavern. Umgehend führt Carsten den Vornamen seiner Freundin ins Feld (Aisha), erklärt seine Exotik damit, dass ihr Vater aus Mauretanien stamme und sinniert:

»Ich finde, irgendwie sind wir auch in diesen Liebesdingen von der Konsumhaltung vergiftet. Ich meine, ich war das ja selbst auch. Man zieht los und denkt: ›Für mich die Beste in meiner Preisklasse‹. Und wenn sie Macken hat, tausche ich sie um. Mein Leben war für mich ein Supermarkt, durch dessen Gänge ich geschlendert bin. Irgendwie war mein Suchen fast Selbstzweck geworden. Und jetzt hab ich den Eindruck: Wer suchet, der findet eben grade nicht. Suchen ist eine Haltung, ein Irrgarten, aus dem man kaum wieder rausfindet.«

»Dabei ist das nur eine ganz leichte Entscheidung, die man trifft«, nicke ich, »Beziehungen entwickeln sich ja. Man wächst zusammen, auch wenn man anfangs manchmal vielleicht gezweifelt hat.«

»War das für dich so? Ich zweifle nie! Das ist es ja grade! Ich hab die kennengelernt und gleich gewusst: Volltreffer! Die ist die Richtige!«

Am Ende einigen wir uns auf Ordnung und Gleichgewicht, womit feste Partnerinnen unser Leben anreichern. Wie gut, wie gut, bei dieser Etappe angelangt zu sein. »Bring also«, betone ich nochmals, als wir uns verabschieden, »deine neue Freundin am Sonnabend unbedingt mit, wenn du zu uns zum Essen kommst!«

Am Sonnabendnachmittag täusche ich Geschäftigkeit vor, knie im Wohnzimmer vor dem Heizkörper auf dem Fußboden zwischen einer Rassel, einer Holzlokomotive, blauen, roten und gelben Quadern, Dreiecken und Bällen, die dazu gedacht sind, durch die entsprechenden Öffnungen einer

Plastikschablone zu fallen, und ordne und loche, beobachtet von einem Stoffhasen mit Schlappohren, Stapel fotokopierter Bücher, die zu ergattern mit gelungen ist, und die ich abheften und von der Liste streichen kann, während immer mehr Tropfen an der Fensterscheibe über mir herabkullern. Ich höre Sonja in der Küche, wo auch das Kind in seinem Wippstühlchen wippt, mit Geschirr klappern. Der Dunstabzug brummt und es riecht nach gebratenem Mett von dort. Ich frage mich, was das heißt: ›die Richtige‹ ... Wie kann Carsten da so sicher sein? Noch eh ich sie gesehen habe, versuche ich seine neue Freundin mit Sonja zu vergleichen. Sonja, mit dem nur von ganz Nahem erkennbaren Gewürm roter Äderchen, das ihre Wangenhaut durchzieht, die Hornhaut an den Fersen hat, die sich schlecht gelaunt über Staubflaum auf der Kommode erbost, Sonja, die mit Sauermund am Geschirrtuch schnuppert und schimpft, ich müsse mal mit darauf achten, dass ein schmutziges Tuch rechtzeitig in den Wäschekorb gelangt, steht einem, im Dunst jenseits meiner Vorstellungskraft gar nicht erkennbaren Abstraktum gegenüber. Sonja ... Ist sie die ›Richtige‹, von allen möglichen Gegenstücken das am nahtlosesten zu mir passende? Muss man leiden, sich bemühen und immerzu an sich und seiner Partnerin arbeiten? Oder kann man einfach gerettet werden? Wenn aber die ›Richtige‹ bloß eine Erlösungsphantasie ist, dann habe ich recht, dann ist Sonja die noch richtigere, als jede plötzlich aus dem Hut gezauberte Erlöserin es sein kann! Was weiß denn Carsten schon? Der hat es sich doch immer einfach gemacht. Genau das scheint doch der Punkt zu sein, dass es keine Erlösung gibt. Carsten ist ein Idiot. Warum habe ich ihn überhaupt eingeladen? Ah, natürlich, aus beziehungshygienischen Gründen. Man soll nicht aufeinanderglucken, sagt Sonja, sondern auch ein Sozialleben haben, Kontakte pflegen und sich austauschen. Außerdem bin ich neugierig, was es mit seiner ›perfekten Freundin‹ auf sich hat.

Es regnet, die blassrosa Clematisblüten harmonieren mit der Bewölkungsschicht, Knöterich rankt als Sicht- und Sonnenschutz an der rechten Seite unseres Balkons. Wicken ringeln sich an den Geländerstäben hinauf, von denen rostblasig der Lack abblättert. Im Terracottakübel weint eine Akelei. Es weht kühl durch die Balkontür herein und riecht frisch. Sonja rührt die Auberginen mit Gehacktem und Fetakäse um, die in der Pfanne schmurgeln. Sie will noch unter die Dusche, erklärt das müsse jetzt durchziehen, dann werde es später noch ein bisschen nachgewärmt; ich solle nicht vergessen, die Weinflaschen zu entkorken, mindestens eine Stunde ehe unser Besuch kommt, sagt sie, reicht mir das knörige Kind, damit ich ihm neue Windeln anlege und verschwindet im Badezimmer.

Es ist noch nicht dunkel und hat nur infolge des Regens früh zu dämmern begonnen, ein nasser Sommerabend, Vogelpiepsen dringt durchs gekippte Fenster und Hundebellen von der Straße, wo ein Auto, schon mit Licht und mit eingeschalteten Scheibenwischern in der Tiefe klein wie ein Schuhkarton vorbeifährt, als es klingelt.

Neben Sonja stehe ich im Flur, der, da Carsten und eine weitere Gestalt in ihn eindringen, noch enger wird, als er ohnedies schon ist. Ich bin überzählig und bereue, diese beiden Eindringlinge – »Ah, da seid ihr ja! Seid ihr doll nass geworden?« –, die Henker meines Abends hier herbestellt zu haben. Es ist ein eindrucksvoll verwirbelnder Moment, der aufdringlich nach Eau de Toilette riecht und gut nach nassem

Mensch. Ja, nass sind sie geworden, auch etwas verschwitzt. Sie pellen sich – »bei diesem Wetter weiß man nie, was man anziehen soll« – aus ihren Sommerjacken; Carstens karierten Blouson und ein Wildlederjäckchen nimmt Sonja entgegen und hängt sie in die Duschkabine. »Kein Problem, kein Problem ...«, lächelt sie gastfreundlich verzückt und bietet Handtücher und Wechselhemden an.

Während Sonja auf ihren hornigen Fersen mit den Jacken badezimmerwärts übers Parkett geht, wickelt Carstens Freundin ihr Halstuch ab, und ich rede mir ein, ich sei erleichtert, weil sie ... – »Und das ist Aisha«, verkündet Carsten – ... mir gar nicht so ausdermaßen überragend zu sein scheint, wenn auch hübsch. Ich grinse, gebe die Hand, sage, ich hätte schon viel, ah, nein, nur Bestes natürlich von ihr gehört. Meine Enttäuschung rührt daher, dass ich mir zwangsläufig keinen Menschen, sondern eine hochglanzfotografierte Puppe nach Carstens vager Beschreibung vorgestellt habe, angereichert mit allen Gemeinplätzen der Begehrenswertheit, die meiner Phantasie auf Anhieb entgegenkamen.

Aisha Langner-Hm-hm-hm... Der mauretanischen Teil ihres Nachnamens entgeht mir. Ihre lange, schmale Hand mit kräftigen Fingern, deren Gelenke sich deutlich unter der Haut abzeichnen, drückt die meine. Ihre Augenfarbe ist kompliziert wie ein aus Nebeln geschichteter Achat und zur Pupille hin sandfarbig. Das wäre mir auf den ersten Blick wahrscheinlich nicht aufgefallen, wenn ihre Haut nicht so dunkel wäre. Wie dunkel? Ein Braunton, den ich immer besonders leiden mochte. Ihre einunddreißig Jahre könnten auch fünfunddreißig oder fünfundzwanzig sein: man fühlt sich gar nicht in Versuchung, darüber nachzudenken; ihre schwarzen Haare sind strubbelig, widerspenstig. Sehnen bewegen sich unter ihrer Halshaut, und sie hat da ein rührendes Pickelchen am Ohr, direkt vor dem Tragus, und äußerst kurze Fingernägel. Als sie auf dem Sofa ihre Beine übereinanderschlägt und mit dem rechten flachen, abgetragenen Turnschuh von unten gegen die Glastischplatte tippt, legt ihre Cordhose ein glattes Schienbein frei.

Ja, Wein mag sie gern. Ihre Finger knistern mit einer Tabakpackung: »Rauchen darf man hier wohl nicht, wegen des Kindes?«

»Oh, aber es gibt einen Balkon!«

Am Esstisch platziert Sonja mich neben Carsten und Aisha gegenüber, neben der sie selbst sitzt, denn sie mag es nicht, wenn in einer Gruppe die Paare aneinander ›kleben‹.

Carsten animiert ein Gespräch, indem er verkündet, Aisha beschäftige sich auch leidenschaftlich mit Filmen. Sie weist das von sich, beschreibt aber, stockend, weil sie sich eine Blöße gibt, doch sie fühlt sich wohl und spricht immer flüssiger, darüber, was sie an einigen alten schwedischen Schwarzweißfilmen begeistert, die Inseln immer wieder, der Bug eines tuckernden Holzbootes läuft imposant aus nur zwei schlichten Einstellungen den Strand an, wie in der Bibel dominieren Steine die Kulisse für Gottverluste, Angst und Liebe; Personen schmelzen ineinander, erst wie in einem Spiegel und dann von Angesicht zu Angesicht. Immer ist da der Schatten von etwas Übermenschlichem eingefangen, der auf großelterlich-hornbrilligen Fåröer Urlaubstagen liegt.

Carsten schiebt die Unterlippe vor und winkt ab: »Nee, also mir ist das Zeug zu prätentiös! Man muss da gar nicht so hoch greifen, die Explosion zum Beispiel in ...«

Zum Glück höre ich nicht zu, denn er wendet sich mit seinen Ausführungen vornehmlich an Sonja. Aisha sieht mich an, ihre Brauen fragend gehoben, die Lippen gespitzt, und hält ihren Tabak hoch. Wir rücken unsere Stühle zurück und ... – »Oft sehen Explosionen im Film ganz anders aus als in Wirklichkeit! Aber die Fiktion ...« – ... gehen, sie vor mir, langsamer werdend, damit ich sie überhole und den klemmenden Mechanismus der Glastür betätigen kann. – »... ist akzeptierter als die Wirklichkeit, weil sie uns vertrauter ist. Denn wer hat schon in echt mal eine Explosion gesehen? Aber aus Filmen kennt die jeder!«

Im Hinaustreten begegnen Aishas Augen den meinen, unversehens ... – »Und im Film sind sie meistens«, salbadert Carsten, immer gedämpfter von der Balkontür, die ich hinter uns zuziehe, »eindrucksvoller als in echt! Wenn wir uns Explosionen vorstellen, stellen wir uns die aus Filmen vor, die wir kennen, nicht die der Wirklichkeit ...«

Weil Aisha mir auch eine von ihren Zigaretten dreht, haben wir Carsten noch nichts entgegenzusetzen, dessen Stimme dumpf durchs Glas dröhnt:

»Aber ›Literatur‹ kann doch heute nur noch Lebenswirklichkeit spiegeln, wenn sie sich den Anforderungen des Amüsiermarktes fügt. Als Kunstform hat sie sich längst am Intellekt das Genick gebrochen und scheidet Sarggeburten aus ...«

Auch Aisha hat dem Gefasel gelauscht und rollt, während sie ihre Zigarette anzündet und dann mir die Flamme hinhält, spöttelnd die Augen himmelwärts:

»Das braucht Carsten anscheinend grade, so zu reden; ich glaube, er hat eine Sinnkrise, die er dadurch kompensieren will, dass er sich zu eigen macht, was ihn stört und den Gegebenheiten das Wort redet: ›Unterhaltung *ist* Kunst!‹, und alles, was nicht unterhält, ist für ihn entweder studentisches

Experiment oder geistige Masturbation.« Sie verzieht den Mund und tut so, als müsse sie aufstoßen: »Pfff... Ich hoffe, das ist nur eine Phase, die sich schnell wieder gibt.«

Sie jedenfalls liest gern. Im Spaß entwerfen wir eine optimistische Gegenwelt, in der ein Kioskverkäufer hinter Lesebrillen aus dem *Adam Homo* von Paludan-Müller aufgestört werden muss, ein Installateur, von dem unter einer Spüle nur der Hosenteil zu sehen ist, bezwingt ein Abflussrohr und diskutiert nebenbei mit der Hausfrau *Cereno*, *Clarel* und *Claggart*, während eine türkische Jugendgang im graffitibesprühten Hauseingang die Muskeln ihrer Zweisprachigkeit an Übersetzungen aus dem *Epos von Scheich Bedreddin* trainiert und junge Mädchen, eh sie zur Discothek aufbrechen, miteinander ein selbstgeschriebenes Blankversdrama vortragen; in einer Straßenbahn sitzen sich ein Mann und eine Frau gegenüber, er blickt von seinem *Prinz Zerbino* auf, sie von ihren *Statischen Gedichten*, und getrost können die beiden an der nächsten Station zusammen aussteigen und den Rest des Tages Arm in Arm am Flussufer spazieren gehen.

Sie, Aisha, bricht über mir herein wie das Neue Jerusalem, geschmückt für die Sündfreien. Als sie mir erzählt, dass sie nicht in der Stadt, sondern abseits eines Dorfes, noch ein Stück hinter Thedingen wohnt, höre ich Carsten hinter der angelehnten Balkontür nur noch schwächlich murmeln, und der Hals einer Weinflasche klingt am Glasrand, dann wird sie wieder auf die Tischplatte gestellt, weit entfernt vom blauen Halbdunkel, in dem wir zwischen den Balkonpflanzen noch eine zweite Zigarette rauchen.

»Ich habe auch auf dem Land gewohnt. Ich vermisse das.«

»Kann ich mir vorstellen. Die Stadt ist Massentierhaltung;

damit könnte ich mich auf Dauer nie anfreunden.«

Was sie mir erzählt, verschwimmt; ihre Ideen zerfransen sich wie Zigarettenrauch im Unausgedachten und verwehen, als sie über etwas kichert, das ich gesagt habe, oder in einem Blick, in dem wir uns, plötzlich ernst und still – drinnen kratscht ein Feuerzeug die Kerzen an – treffen und gemeinsam ...

Nein, als Aisha wieder reingegangen ist, um Sonja in der Küche zu helfen oder weil sie zur Toilette musste, gratuliere ich Carsten »zu deiner äußerst sympathischen Freundin«; und nach dem Abgang unserer Gäste erzähle ich Sonja, während ich abwasche (oder die Spülmaschine einräume?), wie ich mich freue für den Kameraden, wie der nun aufblühe und wie angenehm der Abend gewesen sei.

»Du hast die ganze Zeit mit ihr auf dem Balkon gestanden! Glaubst du, das ist Carsten nicht aufgefallen?! Also, mir ist es aufgefallen! Ich weiß nicht, ich will hier jetzt nicht das eifersüchtige Weib spielen, aber ein bisschen verunsichert hast du mich heute Abend schon.«

Nur, weil mir tatsächlich nicht bewusst war, wie auffällig Aisha und ich uns gemacht haben, kann ich Sonja von meiner Unschuld überzeugen. Sie hat diesen offenkundigen Angriff auf unsere Beziehung nach ein paar Tagen wieder vergessen. Das Unerhörte, aus dem Rahmen fallende gerät ja leicht außer Sicht ... Ich lasse mir nichts anmerken, lese wie üblich im zur Wand gedrehten Sessel, räume den Esstisch ab, und als meinen etwas nervösen Fingern eine Gabel entfällt und mich blechern bezichtigend auf dem Parkett herumspringt, gibt das Sonja nicht plötzlich den Verdacht ein, ich könne anstatt in der Bibliothek in einem wolkenbeflaggten Dorf hinter Thedingen gewesen sein, um zwischen Fachwerkhöfen und cremefarben verklinkerten Einfamilienhäusern vor einer unscheinbaren, aber namhaften Polstererwerkstatt Aishas Mittagspause zu erwarten. Sie arbeitet dort als Restauratorin, Teilzeit. Sie hat schon zu viel von sich preisgegeben, und zunächst mache ich mir selbst noch glaubhaft, ich würde ihr dort aus ›rein freundschaftlichem‹ Interesse auflauern. Wir stehen ratlos voreinander, und dann umarmen wir uns doch zum Abschied, verabredet für ihren freien Tag. Wir gehen spazieren, wir sitzen gemeinsam auf einem Baumstamm im Wald, einer sandigen Böschung, einem Steg am Fluss. In jedem meiner Worte versteht sie die drei weiteren, die es überschweigt.

»Ich«, seufze ich, »will auch wieder auf dem Land wohnen, kein Kind haben, mich ungebunden fühlen, und ich hätte gern, dass der Eindruck, es gehe mir eigentlich nicht besonders gut, alles sei schwierig, ließe sich aushalten, aber man müsse sich immer ein bisschen zusammennehmen, kein zu akzeptierender Grundzustand mehr wäre, wie periodisches Hungergefühl und Bartwuchs. Vielleicht will ich nicht promoviert haben. Literaturwissenschaft, das funktioniert nicht für mich, das verlangt Eigenschaften, die mir abgehen. Ich fürchte, ich mache mir da etwas vor. Am liebsten wäre ich in der Taiga …, auf einer verlassenen Insel, ja, allein, natürlich, es sei denn, du … In deiner Gesellschaft, glaub ich, wäre mein Leben überall besser als so …«

Wir sehen uns an, wir küssen uns, ihre Wimpern kitzeln meine Wange; wir sind ineinander verliebt. Und wir beschließen, die Hindernisse aus dem Weg zu räumen und zusammenzubleiben. Ich habe einen trockenen Mund. Ihr Gartenhaus ist dunkel. Im Licht, das aus der Kochnische gekrochen kommt und sich am eingeschatteten Türrahmen vorbei ins Zimmer drückt, sehe ich sie im grauen Achselshirt und im weißen Slip, zwischen beiden ein Streifen dunkler Bauchhaut; ein Schimmer streicht über ihren Oberarm, ihre Rippen, Schlüsselbein, Brust, über ihre Schienbeine, als sie sich bückt und aus ihrem Slip steigt, und meine Hände zittern. »O, wie deutlich ich deinen Herzschlag spüre ...« Wir fürchten uns vor dem, was wir ersehnen. Gegen die Wand gedrängt von den Flügelschlägen unseres Selbst bangen wir vor einer Katastrophe, die unvermerkt schon stattgefunden hat. Eine Leidenschaft sollte sich so leichthändig in Bewegung umsetzen lassen, wie viele gefällige Romane und Filme uns vorführen, und wie unser verwöhntes Wunschdenken es fordert. Doch in der unbedachten, Sturm und Regen und dem Nachthimmel also schirmlos ausgesetzten Realität stockt die Abfolge schon beim Ausziehen der Hose, das Hosenbein verknäult sich und wir müssen uns auf die Bettkante setzen und zergeln, bis wir den verengten Wulstring endlich über die Ferse gestreift kriegen. Der Achselschweiß riecht streng nach Stress, und ob der Hauptakteur der Sequenz sich aus seinem eingekauerten Schlummer erheben wird, steht in den Sternen ... Aishas Arme an meinem Hals; ihre Hände halten meinen Kopf. Die Nacht ist grisselig, schlaflos und voller Bildstörungen.

Auf dem Gartenweg vor ihrem Haus rauche ich eine Zigarette, fiebrige Morgensonnenstrahlen im Gesicht. Sie hat beschlossen, sich von Carsten zu trennen. Aber wie erfährt er, dass nun ich mit ihr zusammen bin? Wird er blass, als er uns zufällig unter Alleebäumen begegnet? Schubst er, prügelt er mich? Vielleicht hastet er entsetzt um die nächstbeste Straßenecke, um uns nicht länger sehen zu müssen. Mir saust es in den Ohren und mein Herz überschlägt sich; alles ist ins

Rollen geraten wie ein Steinschlag. Sonja, das Kind auf dem Arm, fragt in der Haustür: »Wann kommst du zurück?«

»Ich ... Morgen. Morgen Mittag.«

Auch ich muss mich trennen und gestehe ihr alles. Ich sage, Aisha sei die Richtige, genau zu mir Passende, sie mache keine Kompromisslerei nötig, ich bilde mir nichts ein. Sonja spricht viel zu sanft, nur mit einem trockenen Fältchen an ihrem Mundwinkel. »Einerseits beklagst du«, sagt sie, »immer die Berechenbarkeit der Menschen und Situationen, andererseits kennst du kein Maß im Unterstellen des Ungeheuerlichen. Du hältst alles für vorhersehbar, hast aber keine Ahnung von den Möglichkeiten jenseits deiner Phantasie. Doch es gibt viel mehr Varianten als die zwölf oder zwanzig, die dir einfallen, weil du von ihnen gelesen oder gehört hast; das ist doch alles aus Büchern, Fernsehsendungen und Gerüchten hergeleitet! Ausgerechnet du hast immer auf den Täuschungen der ersten Eindrücke herumgeritten. Alle geben sich so, wie sie gesehen werden wollen, wie sie meinen, ihr Gegenüber wolle sie sehen. Glaub doch nicht, der Alltag mit Aisha würde dich weniger enttäuschen, als der Alltag mit mir. Du selbst hast mir mal diesen Kloster-Roman von so einem überspannten Schweden zu lesen gegeben; da war eins von deinen Bleistiftkreuzchen an der Passage, die von den rrrrrosa Einbildungen der Verliebtheit handelte. Aber was rede ich hier noch, ich hab dich ja schon verlor-rrr-rrrrr...«

Sie wendet sich zur Tür. Wahrscheinlich will sie ins Badezimmer. »Rrrr-rr-rrrrrr« macht sie und greift zwei Schritte neben der Türklinke an die Wand, eh sie zusammenbricht. Nach dem Schlaganfall muss sie fast ein Jahr lang im Krankenhaus bleiben. Das Kind ist bei Sonjas Mutter.

Aisha schweigt, als ich ihr erzähle, was passiert ist, und

starrt den auseinandergespleißten Kopf eines zu kräftig in die Erde geschlagenen Zaunpfostens an. Sei tapfer. Begrüße die neuen Schwierigkeiten freudig. Es gibt nichts bedrohlicheres als Glück. Oder ist das auch nur wieder so eine altkluge Behauptung von Leuten, die eingekocht ins Weckglas ihrer Defekte auf das Leben hinausgucken? Gemeinsam gehen wir durch die nächtliche Vorstadt. Im Sprühregen zerstieben die Laternenlichter. Ein Plastikbecher klappert über den Bürgersteig vor den Fenstern eines Restaurants, ORPHEUS genannt, blau auf weiß, in runenhaften, aber griechisch wirken wollenden Lettern. Das O ist eine Raute, das E sieht aus wie die drei nach vorn gespreizten Zehen eines Vogelfußabdrucks. Orpheus hatte die Rettung seiner Geliebten verdorben, weil er sich, als er sie aus dem Hades heraufführte, nicht sicher sein konnte, auch wirklich Eurydike und nicht eine Untote hinter sich zu haben. Er besann sich, zauderte, sah sich nach ihr um, und diese Umsicht brach den Zauber. Mir geht es genauso. Wie soll ich sicher sein, dass Aisha die Richtige für mich ist, dass unser Zusammensein alles Elend und die ganze Katastrophe rechtfertigen würde?

Überwältigt von Anspannung hadere ich beim Versuch, Aisha als meine Partnerin aus der Hölle der Umstände herauszuführen: Ist sie nicht nur ein Phantom? Ich winde mich, wende mich um zu ihr und sehe nur noch die Zerstörerin meiner Ordnung, die ich anfahre: »Ich weiß jetzt gar nicht mehr, was ich von dir zu halten habe. Wenn ich mir vorstelle, dass du dich ausgerechnet in Carsten Löhr hast verlieben können ... Was macht dich glauben, mit mir, der ich Carsten Löhr für einen Idioten halte, hättest du eine bessere Wahl getroffen?«

Wir stehen lange in ihrem Vorgarten, es ist morgengrau

und nieselt, als sie mich mit einem von Enttäuschung entstellten Gesicht noch einmal ansieht und die Haustür hinter sich schließt. Über den Schotterweg vor Aishas Häuschen gelange ich direkt in die Reha-Klinik. Sonja sitzt im Rollstuhl. Sie ist gelähmt, und sie muss erst einsehen lernen, dass sie unverständliches Kauderwelsch ausstößt, das nur ihr selbst so vorkommt, als könne sie noch sprechen.

Dann wohne ich weiterhin mit Sonja und dem Kind zusammen, ohne aber mit ihr zusammen zu sein. Auf eine Krücke gestützt macht sie wackelige Schritte. Das Kind, sie und ich bewohnen je ein Zimmer der Wohnung. Sie übt ihre Zunge darin, wieder Worte zu formen und kann mir, wenn ich manchmal abends auszugehen wage, lallend nachrufen: »Viel Spaß! Schön, dass wenigstens du dein Leben noch genießen kannst!«

Der Eindruck, es gehe mir eigentlich nicht besonders gut, alles sei schwierig, ließe sich aushalten, aber man müsse sich immer ein bisschen zusammennehmen, ist dem Grundgefühl meiner Schuld gewichen. Wenn ich mich mit anderen Frauen treffe, dann gebeugt, denn auf meinen Schultern hockt die halbseitig gelähmte Sonja; ich schleppe sie so lange durch meine Scham, bis hinter einer Kurve die Fassade des Bahnhofs angestrahlt ist in der Nacht.

Im Gewebe der Seitenstraßen hatte Stefan sich wieder dem stadtauswärtigen Thedinger Damm genähert, wo Autos behelfsmäßig das Rauschen einer Meeresbrandung nachahmten. Da war die Haltestelle, da die Bankfiliale, Ecke Gernotstraße. Plötzlich bildete sich in den unsichtbaren Bewegungen der Wolkendecke eine Lücke, ein Stück Sonne fiel gegen die Hauswände und auf den Gehweg, zu kurz, um etwas bedeuten zu können, um etwa anhand von Schatten ablesbar zu machen, dass nun schon früher Nachmittag, dass Stefan zweieinhalb Stunden lang um den Laden herumgeschlichen war. Er hatte Hunger und einen bitteren, abgestandenen Geschmack im Mund. – Hey, Stefan! Hast du jetzt nicht vorzügliche Voraussetzungen geschaffen, um den Bioladen zu betreten und dir wieder ein gesundes Säftchen zu kaufen, oder ein Stück biologisch abbaubaren Gebäcks? Bietet dein Hunger dir jetzt nicht die *Authentizität*, die du forderst? Geh abermals unter den Jungbäumen entlang, Schritt um Schritt, als hättest du an steinernen Sohlen zu schleppen. Der Hunger wird dich rechtfertigen.

Man muss nur den Druck lockern, der sich im Kopf angestaut hat. Man muss die Schritte mit Formeln unterstützen, sich zum Galeerenruderer seiner selbst machen und wacker durch die innere Schwere pflügen. Wispeln nicht die Binsen weise, es sei besser, zu handeln und dann zu bereuen, als zu bereuen, nicht gehandelt zu haben? Es muss doch gehen, muss doch die Möglichkeit einer banalen, wirklichen Beziehung geben, einer, die vielleicht nicht mehr erzählbar wäre, dafür aber lebbar! Überhaupt scheint die Erzählbarkeit der Haken zu sein. Schneide das jetzt alles ab, hör auf, über dritte Schritte nachzudenken, bevor ein erster gemacht ist. Ich muss sie ansprechen. Der Rest wird sich dann von selbst ergeben. Ich bin in einer Sackgasse. Kein Weg führt an der Glastür dieses Bioladens vorbei. Und was du hier aufführst, grenzt ans Krankhafte! O nein! Ich will nicht krankhaft sein! Ich will doch nur, wie jeder hergelaufene Hampelmann ein bisschen Alltagsleben feiern, das ist doch etwas ganz normales, genau wie Hunger, den jeder hat. Vor lauter Hunger ist mir fast ein bisschen übel ...

Da steht er, Stefan, allein, und die Angst hat mit ihm

gerungen, bis über den Mittag hinaus. Sie merkt, dass sie ihn nicht überwältigen kann, obwohl er ziemlich brisante Verrenkungen macht und immer wieder einknickt.

»Lass mich«, ächzt die Angst, »es ist ja schon Nachmittag!« Aber Stefan erwidert: »Nein, ich lasse dich nicht los, bis du mich gesegnet hast!«

»Wer bist du denn, so mit mir zu reden?«

»Ich bin Stefan.«

»Gut. Du hast mit deiner Angst gerungen und hast gewonnen.«

Los, du hast gewonnen, nun geh!

Die mit Schellen bestückte Kordel bimmelte zaghaft. Der Laden war kundenleer. Aber, Stefan hatte es schon durchs Schaufenster gesehen, sie war da, plackte sich mit Perlhirsepackungen, sah auf und begrüßte ihn sachlich von weitem: »Guten Tag.«

Heute war das ein Sprechgesang mit langem U, dem die übrigen Töne treppab nachrutschten, als wollten sie allen Ansprechplänen mit einem harmonischen Ende zuvorkommen. Dabei schlenderte sie auf ihn zu und legte ihre Hand auf die Kassentischkante. Stefan starrte an ihrer Schulter vorbei in die Backwarenauslage – schnell jetzt, sag was! – und verlangte ein Mohnstück.

Sie machte eine professionelle Drehung, griff mit der Rechten die Kuchenzange, mit der Linken eine Tüte, hob den Plexiglasdeckel und schnappte eine zuckergußkrustige Schnitte, für die sich aber die Tüte als zu klein erwies. Sie versuchte es nochmal, reckte ihren Ellenbogen, verrenkte ihr Handgelenk, um einen Einfuhrwinkel zu finden, in dem das Gebäck sich in diese Tüte stopfen lassen würde; auch in der Waagerechten fanden die beiden Elemente nicht zueinander, das Papier klebte an der Glasur; da gab sie auf, ließ das lästige Tütchen auf den Kassentisch fallen, unter dem sie ein größeres hervorzog. Stefan folgte ihren Bewegungen gebannt. Sie vermied es, ihn anzusehen und gab ihm keine Gelegenheit, etwas zu sagen. In die größere Tüte passte das Mohnstück anstandslos. Als sie den Preis nannte, blinzelte sie ganz kurz zu ihm hin, lächelte bloß angedeutet, so wie auf einer Illustration im Lehrbuch für Kassiererinnen das ›höfliche Kassiergesicht‹ dargestellt sein mag und beileibe nicht so, wie Stefan, dem ein Grinsekrampf das Gesicht verformte, noch während er sein Wechselgeld einsteckte, die Filzstiftschnörkel ihres Namens – am ehesten wahrscheinlich *Taller*, *Tatter* oder *Tattler*, falls es sich bei dem *a* nicht um ein *o* handelte – zu entziffern suchte, »Auf Wiedersehen« murmelte und mit der Tür gegen die Kordel stieß.

Seinen Kuchen packte er schon im Gehen wieder aus. Und dreißig Schritte weiter, hinter der Boutique verborgen, biss er hinein und kaute, Zuckergusssplitter an den Wangen und Mohnkörner in seinen Zahnzwischenräumen.

Sie, *Fr. S. T\*\*\*\*\** hat mich tatsächlich abgewiesen. Sie will überhaupt nicht, dass ich mit ihr spreche. Von Anfang an hat Carsten – und ich in seinem Fahrwasser – die Situation falsch eingeschätzt. Nun ist es wirklich an der Zeit, mir die ganze Angelegenheit endgültig abzuschminken.

# IV

*Einsam will ich untergehn ...* Der Vers war ihm schon auf der Zugfahrt in den Sinn gekommen. Zweimal musste er an der Halbkurbel rucken, dann klappte in Kleßfeld-Nord die Waggontür auf; doch während er, vom Adrenalin ein bisschen beschwipst, den Bahnsteig entlangging, dem rot umringten schwarzen Männchen entgegen, dass im ›Kein Durchgang!‹- Schild auf dem Jägerzaunstück neben der Schranke seine Balkenarme ausbreitete, servierte sein Gedächtnis ihm auch noch das *wie ein Trost in stummen Schmerzen, wie ein Trost in stummen Schmerzen will ich einsam untergehn* als Ohrwurm. Zunächst noch vorrangig erleichtert – denn schließlich habe ich getan, was ich konnte: *Sie* wollte nicht, *sie* hat mich abblitzen lassen. Jetzt kann ich sie also getrost vergessen ... – überquerte er die Gleise, näherte sich über die Kopfsteinstraße dem Trockenblumengesteck vor grauen Stores im Fenster der Gaststätte, vor der er links und an den Liguster- und Scheinzypressenhecken der Villengärten vorbeiging. Hinterm Fußgängertunnel waren die Wiesen voller Kühe. *Einsam will ich untergehn, Keiner soll mein Leiden wissen!* Tja, ich ›mag Worte‹! Vielleicht ist es am Ende gut so, vielleicht ist es in Ordnung, mit dem unscharfen Bedürfnis nach Nähe nicht ohne Weiteres auf einen grünen Zweig zu kommen, wenn man

Worte mag. *Wird der Stern, den ich ...* – Auf dem Deichweg folgte er dem Lauf des Entwässerungsgrabens – *... gesehn, Von dem Himmel mir gerissen, Will ich ...* – Die Ziegen waren wie eine Vogelschar auf den Ästen des Baums in ihrem Gehege verteilt. Stefan blieb einen Augenblick stehen und sah ihren kecken Klettereien zu. – *... Will ich einsam untergehn Wie ein Pilger in der Wüste ...* – In der Linkskurve war es zugig, und bleiern döste – *Einsam will ich ...* – der See, und immerhin würde er – *... untergehn* – würde er sich nun besser auf die Promotion konzentrieren können. *Wie ein lim-pi-pim-pi-pimpi...* Er wird sich zusammenreißen.

Und endlich wird er gegen den, wie eine Barrikade auf seinem Schreibtisch errichteten Stapel Sekundärliteratur anrennen, systematisch und methodisch, konsequent, zäh, stur, resolut, planmäßig, gezielt, entschlossen, unerschütterlich, und ihn niederreißen, um sich Zutritt zu erfechten zu dem, was als sein Promotionsthema zu akzeptieren er sich wahrscheinlich würde gezwungen sehen müssen. *Pimpim-lim-pim-pimpi-pim...*

Den schönsten Halt finden gestrauchelte Freiersfüße in den Tretmühlen der Schreibtischarbeit. Er schob die Computertastatur hochkant hinter den Monitor. Den Becher, der ein Bündel aus Bleistiften und Kugelschreibern aufrecht hielt, rückte er in die rechte hintere Schreibtischecke, dicht gegen den offenen Fensterflügel. *Pim-pi-lim-pi-pim-pi-lim-pi...* Staub und Aschenkrümel pustete er der Einfachheit halber in Richtung Fenster und wischte mit der Hand nach. Soll man auf Alkohol während der kommenden Tage verzichten? Ja, Wein, selbst ein bisschen Bier schon würde kontraproduktive Entspannung erzeugen. Nüchtern, mit dem Gefühl, bereinigt ganz neu anzusetzen, will ich schlafen gehen. *Nüch-*

*tern-pim-pi-schla-fen-gehn ...*

Schnell zupfte er den Leihzettel aus dem zuoberst liegenden Barrikadenbuch und notierte entzückt auf dessen Rückseite *Nüchtern will ich schlafen gehn, ...* Die Bleistiftmine war hart und stumpf. So ging das nicht. Doch hatte der Stiftebecher einen – *Pim-pa-lim-pa-dim-pi-leiden...* – präzisen Druckbleistift zu bieten, mit dem sich – *wehn, sehn, drehn, Zeh'n, schm-ähn,* warum nicht? – die hervorsprudelnde Kaskade vorzüglich aufs Papier kritzeln ließ:

*Nüchtern will ich schlafen gehn,*
*und auch gar nicht so sehr leiden,*
*Wenn all' die, die mich verschmähn,*
*mich auch weiterhin vermeiden,*
*will ich nüchtern schlafen gehn,*
*wie ein Muselman in Bagdad.*

*Nüchtern will ich schlafen gehn,*
*wie ein Muselman in Bagdad.*
*Wird sie weiter mich verschmähn,*
*sie, die ungeschickt verpackt hat*
*mein Gebäck? – Will schlafen gehn*
*so, wie Eichhorn und Hyäne.*

Nüchtern, nüchtern schlafen gehn, – *weil S. T\*\*\*\*\*, die ich gesehn, mir nach weinte keine Träne*? Nein, das ist Mist. Weil ich ihr gleichgültig bin *wie Sägespäne*? Man muss da anders ansetzen:

*Nüchtern will ich schlafen gehn,*
*so, wie Eichhorn und Hyäne,*

*weil S. T\*\*\*\*\* mich übersehn*
*und auch, weil ich so schon gähne,*
*will ich nüchtern schlafen gehn*
*wie die Siebt-Tags-Adventisten.*

*Nüchtern will ich schlafen gehn:*
*Wie die Siebt-Tags-Adventisten*
*reck ich mich, die Sehnen dehn*
*ich und frag mich staunend: »Bist denn*
*du dabei ins Bett zu gehn*
*wie ein lange trockner Trinker?«*

Das gefiel ihm schon nicht mehr so recht. Er stellte sich vor, wie nüchtern Florian mit seiner Bianca schlafen gehen könnte, gottlos glücklich, körperbetont und salatgenährt, fand aber zwischen Geblinker, Stinker und Klinker keinen passenden Reim. – *Nüchtern will ich schlafen gehen, wie ein Säugling, ohne Sorgen? – borgen? – Morgen?* – Sie, die ich *erkor*, gen Pfefferwuchsland ziehen lassen? Nein, die Luft ist raus. Er lauschte dem Knattern der Fahnen im Wind seines überreizten Kreisens und fischte die Sammelmappe aus dem linken Schreibtischfach. Bevor er seinen Nüchternheitsgesang zum *Adynaton* und den übrigen fragmentarischen Notizen legte und alles zuklappte und verstaute, überflog er nochmal die Briefe, die er nach der ersten Begegnung mit S. T. entworfen hatte. Wenn sie zufällig, gegen meinen hornochsigen Willen einen, egal welchen dieser Briefansätze erhalten hätte ... Was für eine Peinlichkeit! Und doch hätte selbst durch diese Peinlichkeit etwas in Bewegung geraten können. Aber nun, so ist es eben. Die Ergüsse blieben in Sicherheit. Er tauschte sie aus gegen Spi-ri-di-on Wukadinovićens *Franz von Sonnenberg*, den er so vor sich positionierte, dass die Unterkante des Buches parallel zur Schreibtischkante verlief und seine ineinandergelegten Hände halb darüber in den Startlöchern hockten; links neben ihm lag die *Poesie der Apokalypse* von Gerhard R. Kaiser bereit, Papierschnippel als Lesezeichen steckten bei den Seiten 64, 103 und 129, damit er die Kapitel *Apokalypse und Utopie, Romantische Poesie der Poesie der Apokalypse und Der Traum der Apokalypse – Die Apokalypse ein Traum?* ohne vieles Blättern würde in Angriff nehmen können. *Weltangst und Weltende: eine theologische Interpretation der Apokalyptik* von Ulrich H. J. Körtner hatte er aufrecht gegen den Computermonitor gelehnt, um sich von dem Titelbild – über weggeschwemmten Hochhäusern schwebte eine Monsterrotte, in deren Mitte ein Pferd brüllte – stimulieren zu lassen. Dann drückte er seine Schultern zurück, machte das Rückgrat grade, schlug den Wukadinović auf und glotzte das Vorwort an. Was für eine Last … Man möchte zusammensacken, wie der Ochs' vorm Berg, vor dem Gipfel reiner Verweigerung; so ungeborgen machte das Nichtvorankommen nervös; es war anstrengend, fortwährend um die eigene Aufmerksamkeit ringen zu müssen. Diese Biographie schwärmte oberflächlich von einem konturlosen Provinzbewohner um 1800, dessen Portrait auf der Frontispiz-Seite einen jungen, in Kupfer gestochenen Mann mit schwerer Nase, blonden Brauen, dicken Lippen, Grübchen im Kinn und wolligen Koteletten zeigte. Nur war dieser junge Sonnenberg, immerhin Dichter *und* Selbstmörder. Stefan konnte sich auch eines schwelenden Interesses nicht erwehren und hing dem Text gegenüber in zwiespältiger Schwebe. Er schlug das Inhaltsverzeichnis auf, blätterte dann weg über *Im Vaterhaus*, begann mit zusammengebissenen Zähnen

*Frühes Dichten* zu lesen, aber da war doch auch ein Kapitel Liebe betitelt, das könnte doch fesselnder sein für den Anfang: Auf der Flucht vor Cupido gerät er in die Bezirke der Metaphysik. Ach, und tatsächlich hat er auch ein Gedicht an Die Künftiggeliebte gemacht ... Wie nach dem Leben ein Sterbender hat er nach dem Du in der Schöpfung herumgegriffen und sich gefragt, warum er nicht in Schlachten aufgewachsen war, in der Höhle des Nordpols unter Stürmen und auch nicht in ewigen Wettern am Busen der Nacht. Ihm ist dies gesuchte Wesen von Ewigkeit vorherbestimmt, es ist das Du, das ›mit dem Ich zusammenschauern und eins sein‹ soll, jenes Wesen, dessen er bedarf, um durch die Vereinigung mit ihm zu einer höhern Stufe der Vollkommenheit emporzusteigen. So möchte man sich das vorstellen, aber immer hört man Geschichten, die das Gegenteil herausstreichen. ›Mit dem Vergessenlernen ging es ein wenig langsam‹, schreibt Sonnenberg am 4. Januar 1803, aber das ist der Punkt, vergessen und weitermachen, darauf kommt es ...
   *Den Schwärmer hat die Hoffnung hart betrogen*
*Und seiner Wünsche reinste* ... – Warte, das ist ja beinahe ... –
*Und seiner Wünsche reinste nie erfüllt;*
*Die Phantasie ihm Wonnen vorgelogen*
*Und seines Herzens Sehnen nicht gestillt.* – ... eine nette Stelle. Am Ende freunde ich mich doch mit diesem Joch noch an. Carsten hat über das Promotionsthema gelacht, also mache ich es erst recht, anstatt irgendwelchen Bioladenkassiererinnen nachzusteigen. Ich werde reisen, die Bibliotheken in Münster und Jena besuchen, Handschriften studieren, in Jena abends unbeschwert allein als Fremder in Studentenkneipen gehen: »Nö, ich bin nur für zwei Wochen hier, um das Manuskript von Sonnenbergs *Donatoa* mit der Druckfas-

sung zu vergleichen ...« Was ist daran so schlecht, dass man es nicht erzählen können sollte?

Eventuell wäre vornehmlich sowieso eher der Gedanke an eine *Affäre* reizvoll gewesen: Ein unverfänglicher Wandel, eine behutsame Annäherung. Man trifft sich, man schläft miteinander, alles ist da, ohne uns aber mit Bedeutungen zu bedrängen, mit Zukunft, mit Entschlüssen. Eine Affäre ist erfrischend unverbindlich, fühlt sich ständig neu an und bedeutet nur Lust, die auf beiderseitiger Erholung fußt. *Affäre* ... Schon in dem Wort schwingt etwas geschmeidig Flüchtiges: ›Affe‹, ›Ära‹ und ›Ähre‹ schimmern da heraus: Im kongolesischen Laubgewirr lädt Bruder Bonobo zur Teilhabe an seinem unverkrampften Sexualverhalten ein; ›Ära‹ weist auf eine begrenzte Zeitspanne und die ›Ähre‹ spielt auf die Fruchtbarkeit an, natürlich in einem durchweg übertragenen Sinn, in dem psychische Entwickelung voranschreitet, unter einer Brise meergrün das Ährenfeld wogt, hinter dem abendlich beschienene Dorfdächer den Horizont verstellen und über dem nur ein Wolkenlaken langsam zerfällt.

Los! Konzentrier dich!

Von der Vermieterterrasse wehten, als aus dem Abend Vormittag geworden war, Sonnabendvormittag, Biancas und Florians Frühstücksstimmen unverständlich, störend durchs Fenster herein. Anscheinend kann man den *Donatoa* als zum abstrusen Gedicht verbogene Lebensbekenntnisse Sonnenbergs lesen. So arg schlecht klingt das, aus dem Abstand der Biographie betrachtet, nicht. Man fühlt sich herausgefordert, das wirre Gewebe aufzudröseln, aus dem, durch Mythen geseiht, die kleine Gegenwart des Dichters tröpfelt:

*Versuche und Hindernisse epischen Dichtens im frühen 19. Jahrhundert* ... Oder besser: *Epische Schwierigkeiten im Vor-*

*hof des 19. Jahrhunderts am Beispiel des Donatoa.* Man könnte abgeschmackte germanistische Unterstellungen diskutieren, die Behauptung, einst habe es eine ›geschlossenen Lebenstotalität‹ gegeben, und fürs Epenschreiben bedürfe es eines ›heroischen Zeitalters als identitätsstiftendes Moment‹. Dabei weiß doch kein Mensch, ob sich die Nibelungen wirklich in so schönen ›Daseinsgewissheiten‹ wiegen konnten. Bestimmt war denen auch schwindelig angesichts wandernder Völker und einstürzender Weltordnungen. Stiftet nicht alles Identität, was grade im Schwange ist, sofern es nur mit unbefangener Genauigkeit ins rechte Wort gesetzt wird? Hätten nicht Sonnenbergs persönliche Probleme wunderbarste Identität gestiftet, wenn er gewagt hätte, sie aufs Tapet zu bringen? Er hätte sich aufspalten können in Dichter und Protagonist und eine Enzyklopädie des mitteleuropäischen Lebens aus seiner Geschichte machen können, wenn er sie nicht zum drögen Märchen stilisiert und in christlicher Mythologie ertränkt hätte.

In die Mitte hätte er einen Jüngling stellen können, dem auf seiner verkrampften, halbherzigen Jagd nach Liebe die modischen Philosophien den Kopf verdrehen, die sich manchmal noch in der Klinge des Pariser Fallbeils spiegeln. Den Interieurs aus elterlichem Kleinbürgeradel hätte er Napoleon als apokalyptischen Reiter entgegenziehen lassen können, vor dem Hintergrund einer wetterleuchtenden Harmagedonstimmung, die auf den baldigen Untergang des Heiligen Römischen Reiches Deutscher Nation hingezielt, vor allem aber seine eigenen spätpubertären Turbulenzen wirksam ins Bild gesetzt hätte.

So kann man sich leicht zu der Einbildung versteigen, man habe es mit einem ziselierten Brocken zu tun, in den man sich genüsslich hineinarbeiten könnte, wie durch die enge Felsspalte in eine großartig unberührte Tropfsteinhöhle. Man vergisst, dass man schon einen Anlauf unternommen hat, das Gekröse zu lesen. Und man blendet aus, dass, wenn ich promoviere, auf Jahre hin alles weiter bleiben wird, wie es ist: Uni, Ölpenauer, Geld von den Eltern, mein unzufriedenes Vegetieren in der Sackgasse ... Dieser Einwand durchfuhr Stefan, als er am Sonntag den Kalender umblätterte. Von heute an würde das Juli-Foto, eine hügelige Agrarlandschaft, über der eine gewaltige Wolke wie der Kopf eines Atompilzes auseinanderstrebte, für einen Monat die Küchenwand schmücken. Darunter stach als einziger Tag der mit Leuchtstift markierte 16. Juli hervor, Montag, in dessen Fach *11$^{30}$ – ÖlpSch* gekrickelt war. Am 22. stand zwar nichts, aber dass ich da Geburtstag habe, weiß ich auch so. Alle übrigen Tage hielten sich verborgen, es würde nicht ins Auge fallen, ob sie noch da, oder schon ungesehen von dannen geschlichen wären.

Dass die Wiese im Vollmondlicht lag, bekam er nur mit, weil er nachts zur Toilette musste, und dass die Linden blühten, hätte er nicht gerochen, wenn er sich in der Dienstagsdämmerung nicht zu einem kurzen Gang gezwungen hätte, den Hagebuttenweg hinauf und herab, lauschend auf die Störgeräusche einer Nachtigall und eingenommen von Gedanken an Schneetreiben, Wollmütze, Glatteis und eine dampfende Sauerblattmiete.

Als die Sonne sich hinter dem Pappelparavent geduckt hatte, war Freitag; die Schatten lagen violett im Weidengras und wiesen mit langgestreckten Fingern auf Stefans Fenster hin. *Welcher Vogel ist das?*, hatte ein zitronengelbes Nachschlagewerk seiner Kindheit geheißen. Es war ihm nie gelungen, das Schwirren und Klängegurgeln aus der Abendluft in den bindestrichverknüpften, nur gelegentlich in einem Vokal auftönenden Konsonantenketten zu erkennen, die in diesem Lexikon den Gesang eines jeden Vogels ablesbar machen sollten. So schwatzten sich Schmätzer, Schwalbe, Schwirl, Spötter und Sprosser (vielleicht auch nur eine letzte einzelne Amsel) unerkannt in den Schlaf und waren fast verstummt, der Schreibtisch, dominiert vom Computermonitor, war eine Lichtinsel zwischen dem Bett, den Büchern und dem Fenster, eine Leerstelle in Stefans Freitag, dort, wo eine Fahrt zum Wickrieder Platz fehlte.

Das Telefon dudelte.

Er rappelte sich hoch, räusperte sein »Stefan Schliefenbeck«, hob aber Kopf und Stimme sofort zu einem artigen:

»Hallo Mama! – Geweckt? Nö. Es ist ja noch nichtmal elf ... – Ja ... – ja, sicher; ich hab allerdings viel zu tun ... – Nein, natürlich kann ich ein halbes Stündchen für Dich opfern, so war das nicht ge... – Ja, Mittwoch gegen achtzehn Uhr, ist gut ... – Wieso? Ich wiederhole das, weil ichs mir aufschreibe ... – Nein, ... aber auch, wenn man an seiner Promotion arbeitet, kann man eine Verabredung vergessen, nicht nur, wenn man viele Termine hat! Ja ..., dann ... Bis Mi... – ja, bis Mittwoch dann. Tschüss.«

Der Piepton, mit dem das Drücken der Auflegetaste einherging, gab der Leere ein Signal sich wieder breitzumachen. Jetzt wenigstens noch den Abschnitt *Das Weltende*, wenn schon nicht *Donatoa*, damit ich die Hauptsache zumindest endlich berührt habe:

*Das große Bild des Weltuntergangs hatte meine ganze Seele gefüllt, in wildem Genuss schwelgte meine Phantasie in ihm umher* ... Ob das ein verbreitetes Symptom ist bei jungen

Männern, die keine Freundinnen haben, ähnlich den Verheißungen des Terrorismus, von denen ich mich als Jugendlicher auch bezirzen ließ? Zerschlagen wollte man, andere hochrütteln, vielleicht in der geheimen Hoffnung, davon auch selbst aufzuwachen aus der Wut, mit der wir einer kompliziert eingerichteten Menschenwelt gegenüberstanden wie einem Geduldsspiel, das man ungeduldig in die Ecke pfeffert, das man vielleicht hätte lösen können, wenn nicht schon der Versuch so unwirsch machen würde.

Mit sechsundzwanzig hatte ich auch keine Freundin. Was hat mich daran gehindert, in dem Alter auch ein übertriebenes Gedicht zuwege zu bringen? Nicht nur habe ich so ein Versepos, wie ich es den Sonnenberg gern geschrieben haben ließe, selbst auch nicht schreiben können, sondern noch nichtmal so eins, wie er tatsächlich geschrieben hat, dachte Stefan geknickt. War das nur die Dysmorphophobie des Unermutigten, Zweifel und der mäkelige Geschmack, der nichts Selbstgemachtes billigen konnte? Immerhin kann man doch nachvollziehen, dass es Sonnenberg nahelag, in eschatologische Nebel auszukneifen. Die Versuchung ist groß, der wirklichen Gegenwart zu entkommen, die zeitumtost an uns vorüberjagt. Sie ist widerspenstig und peinlich.

Und bettreif ist die Frustration, der sich Stefan im Badezimmerspiegel stellt, eh er sich den Zahnbürstenstiel zwischen die Zähne steckt, um beide Hände zum Auspressen der Zahnpastatube frei zu haben.

Meine Lebensbeichte könnte ich auch im Gewand eines Jüngsten Tages darstellen, das gäbe ihr eine humoristische Note ... Doch wenn man müde, zerbrechlich, frustriert ist und die Weltuntergangssehnsucht ernstzunehmen versucht, nicht nur als vergängnislüsterne Pose eines Einzelnen, sondern als Zweck aller Geschichte, wird sie lästig; sie kuschelte sich, eine Fremde, neben Stefan unter die leichte, helle, verwaschen gestreifte Sommerdecke. Der Lampenschein über der Fußbank, die als Nachttisch diente, wurde von vier Schutzumschlägen im Bücherregal reflektiert, der braune Teppichfußboden war ... – Ich muss dringend mal wieder Staub saugen. Auf dem Tischchen vorm Sessel stand noch seit dem Morgen die Kaffeekanne, in deren Bauch sie eine Tasse spiegelte und den Aschenbecher, den ich auszuleeren vergessen hab, aber das Fenster ist ja gekippt ...

Klick! – war es dunkel. Das Meer steigt in die Straßen. Vulkane brechen aus, und Autos rutschen in Erdspalten; Fieber, Pest, Mauern bersten, gezwirbelte Stahlträger ragen aus den Trümmern, Rauchpilze steigen, ein gellender Pfeifton begleitet eine Strahlungsgeschwulst, die sich unvorhergesehen als pulsierende Lichtscheibe in die Erdatmosphäre hineinbohrt, die Wüste wächst, die Kontinente sind entmenscht, ein abgefegter Tisch. Nach der Umwälzung sprießen Unkräuter an den Bordsteinen, Rehe äsen auf der Autobahn, und überlebende Menschen sprengen die Türen der Archive ... Das sind Bilder aus der Konservenbüchse. Du kannst den Vorgang, begleitet vom Pinocchio-Jogging einer naseweisen Standuhr, auch ohne Kometen und Strahlungsgeschwulste aufziehen:

Nur noch ganz wenige Jahre für Brasiliens Regenwald, die Durchschnittstemperatur steigt schneller als vorhergesagt. Die Polkappen schmelzen, die Meere, leergefischt, vermüllt, ein Algenpudding, kriechen über die Deiche, die Ernten ganzer Kontinente verdorren oder ersaufen im Glauben an eine marktgerechte Rettung durch Innovation, Staaten kollabieren so schnell, dass niemand eingreifen kann, als im Permafrost gebundene und in ihrer Effizienz nie erahnte Krankheitserreger von Mücken, Möwen in die bewohnte Welt getragen werden und dem Weltkrieg um Trinkwasserreserven auf simple Weise Einhalt gebieten.

An den Grenzen des Wachstums beginnt nicht das Schrumpfen, sondern das Bröckeln: Die Hauptmythe, Technologie werde alle Hindernisse überwinden, könnte sich verwirklichen in Maschinen, deren Herzen, da sie zu denken anfangen, nicht stillstehen, die ihre Schöpfer überrunden, überstunden, überstehen ...

Man kriegt keine Luft hier, ich glaube, ich lasse das Fenster einfach weit auf über Nacht. Das Fenster, die Weide, der frische Pflanzengeruch morgens vor der Haustür, seine Bücher und Fotokopien – alles, woran Stefan so rasend unglücklich hing, ließ er zerbrechen, verdampfen, vom Glutsturm verblasen. Und die Freiheit, zu wissen, dass man sterben darf, schien hinfällig zu werden, wenn nicht nur man selbst, sondern alles verlischt. Beim Schlusswort etlicher Reportagen – »vom Aussterben bedroht ... noch hier gefilmt ... wahrscheinlich zum letzten Mal ...« – schluchzte eine Faser in seinem Herz. Vergängnis ist nur innerhalb des Bleibenden hinnehmbar, beschloss er, tiefer sinkend. Aber damit sperrst du dich naiv gegen den Tod, den du eben noch zu begrüßen behauptet hast. Die Welt, die Geschichte – was soll das denn? Die Welt, ein Staubkorn, ein Atom im Universum, verpufft unbemerkt und folgenlos. Alle Bücher, alle Bemühungen um ein passendes Wort sind das leicht entzündliche Treiben einer Spezies, die erst prosperiert und dann verschwindet. Nur sehr bedingt werden Ratten und Kellerasseln unsere Spuren würdigen. Und soll nicht sowieso die Sonne schon in nur einer Milliarde Jahren aufdinsen und die Erde endgültig unbewohnbar machen? Das sind nur tausend Millionen Jahre. Das Bleibende ist ein fadenscheiniger Trost; es sackt, sinkt, versickert, der Atem, ausgehaucht, weht noch durch einstürzende Kulissen, ... die, in Abrutsch, ... den Boden verlieren ... und verebben.

Als am nächsten Morgen ein sachter Schauer auf das Glyzinienlaub vorm Fenster pladderte, war es noch nicht richtig hell, und als am Dienstag ein Sonnenstrahl über die Wolken und Pappeln schwenkte, gingen die Augen ohne Mühe auf. Das Schuldgefühl in Stefans Magen drückte nur wenig, denn so spät war es auch wieder nicht.

Allem voran ist Weltuntergang doch ein Wunschtraum in Krisenzeiten. Wo habe ich gestern gelesen, Apokalyptik sei der Protest der Entmündigten? Eine selbstverliebte Attitüde: Uns geht es schlecht, deshalb muss alles untergehen und neu erstehen, angenehmer eingerichtet. Die Unterstellung eines Endes wertet die bis dahin verbleibende Zeit auf. Die Gegenwart erhält den Anstrich des Vorläufigen, Unverfänglichen und macht weniger Angst. Alles wird absehbar und ruft zu Entscheidungen auf. Genau so eine Haltung möchte man dem Sonnenberg unterstellen. Hoffentlich kennt die Biographie wenigstens bezüglich seiner Selbsttötung anschauliche Einzelheiten ...

Stefan füllte seinen Kaffeebecher nach, setzte sich, einen letzten Bissen Käsebrot kauend im Bademantel an den Schreibtisch und schlug das *Donatoa*-Kapitel auf. Es bot Inhaltsangaben aller Gesänge der *Epopöie*, nach denen er die Abläufe und Zusammenhänge schematisch listete. Zwölf karierte Schreibblockseiten wurden voll, eine für jeden Gesang und machten ihn, aufeinander gestapelt, so zufrieden, dass er eine Zigarette aus der Packung schüttelte und sich zum betont pausierenden Rauchen ans Fenster stellte. Kommt da ein Hochdruckgebiet? Ein Bündel schlanker Wolken schmiegte sich besonnt an den Wind. Ich sollte wirklich wieder regelmäßig radfahren. Das hat mir immer gutgetan, anscheinend gleicht es mich aus.

Um vierzehn Uhr zweiundvierzig rätschte ein Eichelhäher in einer der Linden am Hagebuttenweg, als Stefan mit seinem Rennrad auf der Schulter, mit Werkzeugbeutel und Hinterrad und nah an seinem Hosenbein baumelnder Kette den Weg zur Garage entlangkam und den Staub vom neuen Ritzelpaket pustete. Kaum hundertachtundzwanzig Minuten später war der Garagenschatten abgewandert und kein Schräubchen im gelbstichigen Licht auf den Waschbetonplatten zurückgeblieben. Mit schwarzen Fingerkuppen griff er unter den Sattel, hob das Hinterteil seines Fahrrads an, trat in die Pedale, quittierte den Speichenwirbel mit einem vergnügten Mundwinkelzucken und übertrug versehentlich den Schmierstriemen von seinem Unterarm aufs Hemd.

Als er aus der Dusche gestiegen war und sorgfältig das Frottiertuch zwischen seine Zehen drückte, fiel ihm ein, ich sollte mir noch die Fußnägel schneiden, bevor ich morgen in die engen Radlerschuhe steige. Er nahm die Nagelzange aus dem Nachlass seines Großvaters von der Spiegelkonsole und ließ ihre mit einer Feder versehenen Arme auseinanderschnappen. Der hatte zwar genug Geld gehabt, seine Tochter Medizin studieren zu lassen, den Begriff ›Kunst‹ ausschließlich verknüpft mit dem Adjektiv ›brotlos‹ zu verwenden und bei jeder Gelegenheit herumzutönen, sein Leibgericht sei trotz allem immer noch Bratkartoffeln mit Speck, aber hinterblieben für den Enkel war nur eine geschiedene Fachärztin als Mutter, die morgen Abend vorbeikommen würde, ein schäbiger Schreibtisch und eine Nagelzange minderer Qualität; sie franste die Schnittränder aus, die sich dann scheußlich im Sockengewebe verhakten. Dazu habe ich jetzt keine Geduld. So lang sind meine Fußnägel auch noch gar nicht.

Am Mittwoch früh um sieben war alles Tau und wolkenlos azurne Ironie. Im blauweißen Trikot und hautenger, schwarzer Radlerhose, deren Posterieurpolster gehässige Beobachter so leicht zu ordinären Assoziationen verleitete, bepackt mit Ausflugsutensilien schob Stefan sein Rad zur Garageneinfahrt. Zu Weihnachten hatte Tante Gisela ein Trommelfeuer von Geschenken entfacht. Mit einer Radfahrausrüstung war endlich etwas gefunden, woran ihre Schenkwut sich stillen ließ. Denn Bücherwünsche hatten sie immer enttäuscht, das sei ja keine Überraschung mehr. Solche Sachen solle er sich lieber selbst kaufen ... Als er in die steifsohligen, dort, wo sie glänzten noch kaum zerkratzten Rennradschuhe schlüpfte und seine Badelatschen unter das pittrige Jasmingebüsch stellte, musste er auf eine Nacktschnecke achtgeben, die mit ihrer Spur dort eine bemooste Waschbetonplatte bemalte. Noch zur Schulzeit, bei einer Grillfeier hatte ein wahrscheinlich auch blond gewesenes Mädchen, während sie über Ökologie und Umweltschutz gesprochen hatte, mit gnadenloser Selbstverständlichkeit ein Stück Küchenpapier von der Rolle gerupft, um eine solche Nacktschnecke von der Treppenstufe zu wischen und in den Müll zu werfen, als sei sie lediglich ein Plocken Schleim. Nun verschmolz dieses Mädchen mit *S. T*\*\*\*\*\* zu einer bigotten Gleisnerin, mit der Stefan nichts zu tun haben wollte. Er zog die Klettverschlusslaschen seiner Schuhe fest, fixierte die beiden Wasserflaschen in den Halterungen am Fahrradrahmen und schnallte seinen Proviantrucksack stramm auf den

Rücken. Dann setzte er den gerippigen, an die Karkasse eines Truthahns erinnernden Helm auf, verzurrte den Kinnriemen, schwang sich aufs Rennrad und dirigierte die empfindlichen Felgen behutsam an den Schlaglöchern vorbei.

Vorm See fuhr er links, dann wieder links, und auf dem asphaltierten Weg nach Schevenbrake peitschten ihm die Zweige schon schwungvoller entgegen. In einem Hohlweg zwischen Maisfeldern schoss er über den Hügel, wo die Trinitäten der drei Windkraftwerke kreisten, musste scharf vor der Rechtskurve abbremsen und dann in die Hauptstraße einbiegen, neben der im Gras das Ortsschild *Schevenbrake* leuchtete. In einem Vorgarten hing über der zusammengeklappten Wäschespinne ein aufblasbares (aber nicht aufgeblasenes) Planschbecken, eine Fachwerkfassade war dunkel gebeizt und verklinkert, vor der Volksbank hüpfte eine Amsel auf die Straße, sah Stefan kommen und flog auf. Gegenüber, unter dem Kastanienbaum vor der Apotheke schnauzte ein Mann im elektrisch betriebenen Rollstuhl seinen Schäferhund an. Und hier hat Jennifer früher gewohnt. Vor dem Ortsausgang sah er flüchtig zu den herabgelassenen Jalousien der beiden, von den Zweigen einer Kiefer halb verdeckten Fenstern von Manuels Wohnung hinauf und trat kräftiger in die Pedalen. *Wielfleth – 3 km, Börrelhufe – 5 km.* Dort hielt er sich rechts, um durchs Neubaugebiet folgsam seiner ausgetüftelten Route unter Vermeidung von Ortschaften südostwärts in die heidekrautige Ebene zu gelangen. Die Birkenstämme leuchteten, und blaue Reiseschatten lagen auf der Straße; die Gangschaltung klackte geschmeidig; über den Feldern waren Lerchen im Himmel. Noch fühlten sich die fingerlosen Handschuhe ein bisschen ungewohnt an, wenn er fester ins Gehörn seines Rades griff. Die Tretkurbeln kreisten, drücken, ziehen, rund, und auf und ab wechselten seine Knie wie Kolben, die Unterschenkel stampften lokomotiviert: *Wohl-en-det-Tod-des-Le-bens-Noth-Doch-schau-ert-Leben-vor-dem-Tod-So* graut einem vor der Liebe, als wäre sie eine Untergangsdrohung, denn sie attackiert ja unsere Persönlichkeit und die gebrechliche Einrichtung unserer Welt. Aber wenn du das alles zu Scherben gehen ließest, würdest du womöglich staunen, mit was für einer milden Brise eine neue Lage dir entgegenkäme ...

Immer werfe ich mich hin und her, *webe*, wie ein verhaltensgestörter Zoo-Elefant, der Schritte andeutet, seinen Körper schaukelt, den Rüssel schwingt und mit dem Kopf nickt. Selbst wenn man ihm ein größeres Gehege anbietet, mehr Auslauf, Baumstämme und Leidensgenossen, hindert ihn meistens sein Wiederholungszwang, die besseren Umstände zu nutzen. Ich bin unzufrieden und will einen Umbruch; sobald mir aber die Gelegenheit zu einem Wandel wirklich entgegentritt, kralle ich mich am Bewährten fest, kneife und verzichte misstrauisch ... Dabei ist der Gedanke schwer erträglich, dass ungeachtet unseres entmündigten Protestes alles immer so weitergehen könnte. Und so muckelt man in Naherwartung von Sonjas und Aishas vor sich hin. Das wirklich grauenerregende Nachtstück wäre die Darstellung einer Welt, die immer so fortdümpelt, unerbittlich stabil im Prunken und Hungern ... Die heidnischen Götter wurden in quartären Zyklen ihrer Schöpfung müde, machten alles kaputt und begannen nochmal von vorn. Aber die Christen konnten mit Entwicklung nichts anfangen, weil durch die Fleischwerdung ihres wie eine kantenlos perfekte Freundin aus dem Ärmel geschüttelten Erlösers schon alles erreicht und die Kehle der Geschichte durchschnitten worden war.

Für die Zukunft blieb nichts zu denken übrig als eine Wiederholung, die Wiederkunft des Erlösers und die Vernichtung der Welt.

»Was ich immer so ungeheuerlich finde, ist die süffisante Unterstellung der Christen, das Wesentliche komme ja sowieso erst im Jenseits, womit aller Tod einfach hanebüchen wegerklärt wird. Die sehnen sich nach dem, was ich am meisten fürchte. Ich bin kein ... Ich *will* kein Freund von Erlösung sein. Geschichte, wackeres Ackern, Heillosigkeit und ein offenes Ende kommen mir viel anschaulicher und redlicher vor. Aber dennoch entrinne ich nie den frommen Dönekens: Kaum bin ich dem Krüger entwischt, hab ich mir den Sonnenberg aufdrücken lassen ...«

»Also«, ruft S. T***** da pikiert an dem runden Cafétischchen, nachmittags, mit über ihrem Kräutertee zurückweichendem Gesicht, »das erschreckt mich aber, dass du das so siehst. Ich muss dir von *mir* sagen, dass ich mich durchaus als Christin verstehe!«

*Lünsen* – das war ihm früher nie aufgefallen – bestand nur aus einem einzigen Hof, dem eine Wiese voller Bauwagen und Jurten nebengelagert war, echten Jurten, von weitem wie große, eingeschnürte Torten vor dem Wald. *Ökodorf Lünsen* stand auf einem, von der Scheunenwand zu einem hölzernen Masten über die Straße gespannten Banner. Die haben Pferde. Auf eine Gruppe junger Leute in Arbeitshosen kam barfuß eine Frau zu, hatte ihr Kopftuch im Nacken verknotet, und ein Mädchen mit langen Zöpfen griff nach ihrer Hand. Stefan rollte vorüber und sah zu denen hin, doch kam er sich lächerlich vor in seiner Rennradmontur, neigte den Kopf und strampelte weiter: Not bringt uns zur Besinnung.

Das Bedrängendste ist das Ausbleiben der Bedrängnis. Es braucht eben doch ein Abenteuer. Wir müssen nach etwas rufen, das unserem Dasein einen Schrecken einzujagen vermag. Wenn es mir zum Beispiel beim letzten Mal gelungen wäre, sie anzusprechen ... – ohne zu fürchten, was, wenn die psychischen Erdplatten plötzlich verrückt würden, wenn es aus den Tiefen heiß und vernichterisch hervorsprudeln könnte. Vielleicht würde ich, wenn ich je wieder mit einer Frau – oder gerade ausgerechnet mit *ihr* – schliefe, vor Glück und Aufruhr einen Herzinfarkt erleiden, oder in einen Donjuanismusstrudel geraten und sexsüchtig werden. Im archaischen, wespendurchsummten Limbus meines Mittelhirns verhaspelt sich was. Schon die ersten, durch eine zitternde Berührung ihres Oberschenkels verursachten Dopaminausschüttungen machen mein Belohnungssystem übererregbar. Es funktioniert nicht mehr richtig, weil ich zu lange abstinent war, und ich will immer mehr, mehr Dopamin, mehr Sex mit immer anderen Partnerinnen. Ich habe mich nicht mehr unter Kontrolle und kann keinem Knie, keiner zierlichen Handwurzel und keiner sich unter einem dünnen Kleid abzeichnenden Rippenklaviatur mehr widerstehen, obwohl ich weiß, dass sie mich immer tiefer in den Strudel treiben. So entkomme ich zwar der komplizierten Liebe und den Zahnrädern emotionaler Bindungsmechanismen, aber zwischen Stapeln von Pornoheften ist mein Rechner so virenverseucht wie mein Blut, und alles Geld, das mein Vater mir überweist, trage ich in Bordelle ... Ich werde verdroschen bei einem anonymen Treffen in den Merckendahler Gärten, wo es, hat Carsten erzählt, sowohl für homo-, als auch für heterosexuelle Kontakte je einen Seitenpfad zwischen hohen Rhododendronbüschen geben soll, drücke mich an einer ungewischten

Theke herum und giepere nach jeder Frau, die mich an sich lassen könnte ... Und um sechs muss ich zu Hause sein, damit ich meine Mutter nicht verpasse.

Er drückte mit dem Daumen am Tachometer herum, bis im Anzeigefeld ein beruhigendes *12:03* erschien. Am Ende bin ich allein, weil ich ahne, dass Donjuanismus in mir latent ist und ausbräche, sowie ich ihm nur einen kleinen Vorschub leistete. Vielleicht, wahrscheinlich ist schlicht irgendein chemischer Selbstschutzmechanismus in mir zu stark ausgebildet, und selbst, wenn *S. T\*\*\*\*\** sich Hals über Kopf in mich verliebte, würde der Mechanismus mich entdecken lassen, dass Alleinsein mein einziges Heil ist und ich würde sie abweisen müssen. Aber trotzdem gibt es da ein natürliches Gefühl, gegen das dieser kranke, schädliche Mechanismus anstreitet. Da wäre eben doch, wie gedacht, eine Affäre genau der geeignete Zwischenweg zur Einübung und Therapie.

Wenn *sie* – obwohl ihre Identität mit *S. T\*\*\*\*\** nun wie ein Tintentropfen im Wasser zergeht zu Protuberanzen, kosmischen Staubsäulen, den Überresten einer Supernova ... – wenn *sie*, eine ungefähre Standardfrau, ungefähr dunkel- oder hellhaarig, einen Freund hätte, den sie nicht verlassen wollte, denn die beiden haben gerade gemeinsam eine Wohnung gekauft und sind im praktischen Alltag ein perspektivenreich funktionierendes Paar, dann würde sie mit mir nur eine Affäre haben wollen, »als Frühjahrsputz in ihrem Gefühlshaushalt«, sagt sie lasziv und schnipst mit dem Finger einen Pappkrümel über die Tischplatte, den sie im Lauf unseres Gesprächs von einem Bierdeckel abmassiert hat. Er fällt mir in den Schoß.

Sie lässt es offen, wann wir uns wiedersehen können. Sie nimmt ihre Kleidungsstücke vom Stuhl, erst die kleinen, verdrehten, hauchhaften, dann die Jeans, den Pullover; auf der Suche nach einer Socke, die nicht unterm Kissen und nicht unter der Bettdecke ist, rückt sie den Stuhl beiseite; ihre rechte, nackte Fußsohle hinter ihrem Rücken auf der Matratze: »Ach da ... hat sich unterm Heizkörper versteckt.« Doch, *dass* sie mich wiedersehen will, betont sie unverhohlen. Und nach einer dreitägigen Pause, der klassischen Zeitspanne zur Erzwingung eines ungezwungenen Bekanntschaftsbeginns, werden ihre Besuche regelmäßig. Und wenn wir uns nicht sehen können, habe ich den Eindruck, sie schütze eine Verpflichtung vor, um unser Verhältnis im Zustand einer abenteuerlichen Ausnahme zu konservieren. Natürlich wird es dadurch zusehens wie die Topographie einer Wildnis. Wir haben uns an die Zweidimensionalität der Hügel, die klar hervorgehobenen Verschlingungen der Flussläufe und an die Markierungen im Dickicht gewöhnt. Aber das Papier ist dünn und knittert, vom dauernden auseinander- und wieder zusammenfalten reißt es immer mehr ein ...

Wir dürfen uns nicht gemeinsam in der Öffentlichkeit zeigen. Sie merkt selbst, »dass wir so nicht weitermachen können«, es sei ihr unmöglich, sich von ihrem Freund zu trennen, deshalb dürften wir uns nicht mehr sehen. Am Abend steht sie dennoch vor meiner Haustür im Wind und sagt, sie habe nachgedacht. Aber die Unverbindlichkeit feiert Fortbestand. »Wenn die Wohnung abbezahlt ist, wenn alles im Reinen ist zwischen ihm und mir, dann können wir uns trennen«, erklärt sie mir, und es vergeht fast ein ganzes, nervenaufreibendes Jahr, bis mir der Verdacht kommt, vielleicht verberge sie hinter diesem vorgeblichen Freund und dieser Wohnung etwas anderes. Ich bin nur eine Randfranse am Teppichgewebe ihrer Machenschaften. Vielleicht arbeitet sie für einen Geheimdienst, eine Verbrecherbande, als Prostituierte oder Pornodarstellerin. Neulich ein Fieberschub, vielleicht bin ich krank, vielleicht hat sie mich angesteckt ... Immer lauert da ein Abgrund im Anderen, den man fürchten kann, wenn man dran denkt. Und wer, wenn die Liebe ein Raubtier wäre, wollte lieber Lamm sein als Dompteur? Denkbar ist selbst, dass sie mitten im zärtlichsten Moment umschwenkt und mich mit schnellem Schnitt kastriert.

Er saß auf einer Bank vor Brombeergestrüpp, an der auch sein Rad lehnte und nahm einen Schluck aus der Wasserflasche. Der Straßenfluchtpunkt war aufgeweicht in einer Luftspiegelung. Zwar brannten seine Unterarme und seine Oberschenkel spannten ein bisschen, er konnte den getrockneten Schweiß wie Sand aus seinen Augenbrauen reiben, aber Lust auf eine Zigarette hatte er doch.

Woher willst du wissen, ob sie nicht einen geliehenen, gestohlenen oder erschlichenen Kittel benutzt und in Wirklichkeit ganz anders heißt? Sie kann mordbereit sein, Wahnsinn kann bei ihr ausbrechen, ja, wenn sie bei mir übernachtete, könnte sie noch, nachdem wir uns schon fast zwei Jahre kennen, nachts aus dem Bett schlüpfen, mich im Schlaf mit Benzin übergießen und anzünden ...

Schon beim ersten Treffen ist sie mir unheimlich. Nach einer dreiviertel Stunde sage ich, ich müsse nun dringend los und, äh, nein, ich glaube, wir sollten uns nicht wiedersehen. Das akzeptiert sie aber nicht. Lauert sie mir auf? Verfolgt sie mich und spioniert aus, wo ich wohne? Der Briefkasten erstickt an ihren Zuschriften. Hinterbringt sie Ölpenauer-Schmitz verfängliche Analysen, die sie über meinen Charakter angestellt hat? Und als alles nicht hilft, schleicht sie nachts in den Garten und legt Feuer am Haus?

Doch die Sonne ... Von welcher ergreifend schrägen Position aus schickte sie Licht durch die Grashalme am Wegrain auf den Asphalt? War schon hinter einer Biegung der Hügel mit den Windrädern zu sehen? Wie schläfrig flunkerte das Laub? Waren das Grillen, da, vereinzelt im Gras? Und war Stefan pünktlich?

Ja. Doch als er pünktlich um 17:48 in den Hagebuttenweg einbog, sah er von weitem das Heck des hohen, kobaltblauen Autos, dem seine Mutter den Rücken zu wandte. Sie, weiße Bluse zu schwarzem Hosenrock, begutachtete ein Gebüsch, streckte endlich einen langen Arm aus und brach eine Blütendolde von dem Pagoden-Hartriegel ab, der sich zwischen Linden, Ahorn und Holunder am Wegrand behauptete. Sie schnupperte daran und legte die Rispe durchs herabgelassene Seitenfenster auf den Beifahrersitz. Als sie Stefan, der auf dem schotterscheckigen Weg nur langsam näherkam, bemerkte, rief sie:

»Weißt du, ich hab mich vertan, ich bin ja um 18 Uhr schon mit Gisela verabredet! Ich hab versucht, dich anzurufen, aber dein Handy hast du ja wohl auch nie an. Jetzt muss ich mich echt sputen!«

»Das konnte ich ja nun nicht wissen ... Ich war unterwegs ... Wie du siehst. Hallo übrigens. Warte, ich stelle nur schnell das Rad ab ...«

Er lehnte es gegen die Pforte und tappste auf seinen harten Sohlen der, von ihren großen Sandalen bis hinauf zur schwarzgefärbten, auftoupierten Haarhaube ungeduldigen Gestalt entgegen.

»Hallo mein Lieber, du weißt ja, ich kann Hektik nicht ausstehen. O, du hast ja einen Sonnenbrand im Nacken! Da musst du gleich was drauf machen! Hast du Creme? Sonst muss ich ..., aber dann komme ich echt ins Schleudern ...«

Die Bemutterung entpresste dem Sohn ein kindisches Knörgeräusch:

»Lass doch ... Ich mach das, ich hab ... sowas!«

»Dann ist ja gut. Hast du von deinem Vater was gehört? Ist das Geld pünktlich gekommen? Aber eh ichs vergesse, ich hab dir was mitgebracht!«

Die vier silbernen, ineinanderlappenden Ringe am Kofferraum über dem Nummernschild, desgleichen das ebensosilberne *Q3* daneben, spiegelten abwärts fließendes Gezweig, als der Kofferraum aufging.

Ihre Arme wuchteten einen zusammenklappbaren Plastikkorb heraus, der eine Packung Reis, eine Tupperdose mit bräunlichem Pampel – »das hat Rainer heute zubereitet, das ist ein indisches Linsengericht! Du musst dir nur noch den Reis dazu kochen!« –, eine Dose Indische Pickels, *elmex*-Zahnpasta, Kekse und eine Flasche Wein enthielt.

»Ich hätte fast noch eine Packung von deinen Zigaretten dazugelegt, aber das konnte ich mit meinem Gewissen nicht vereinbaren; ich hoffe ja noch, dass du mit dem Unsinn jetzt bald aufhörst, aus dem Selbstzerstörungsalter bist du ja nun langsam heraus ...«, sie unterbrach sich, sie war in Eile. »Ich bin echt in Eile ... Gehts dir denn gut, mein Lieber?«

»Jo, – ...'türlich; ist ein bisschen schwierig, den rechten Dreh zu finden für die Doktorarbeit, aber ...«

»Das kommt schon, da bin ich mir sicher. Wer es bis dahin geschafft hat, wo du jetzt stehst, der schafft diesen letzten Schritt auch noch! Bei meiner Promotion war das auch so, als ich erstmal zu schreiben angefangen hatte, lief es wie von selbst.«

»Ja, ich weiß, aber bei Medizinern ... Du hast doch über Operationen an deformierten Kinderfüßen geschrieben, da gab es ein solides Fundament, auf dem du auffußen konntest. Bei Literaturwissenschaft ist das anders ...«

»Du musst aber auch auf alles eine Antwort parat haben! Ich wollte dir nur zeigen, dass ich dich unterstütze; aber wahrscheinlich bist du ein bisschen nervös; komm, lass dir dein Essen schmecken und mach dir einen schönen, ruhigen Abend, dann sieht morgen die Welt wieder anders aus. Komm, mein Junge, lass dich nochmal drücken ...«

Die Umarmung wurde behindert vom Gabenkorb in Stefans Händen, und – klapp – ging die Autotür zu. Dann, vor der Kurve, die Bremslichter.

Im dampfenden Reis verrührte er den kalten Linsenbrei und zwei Löffel voll Mixed-Pickles zu einem Gemeng, das sich bequem am Schreibtisch, nebenher ein bisschen weiterlesend, direkt aus dem Topf essen ließ.

Am nächsten Vormittag schwitzte er, sowie das Knattern eines Rasenmähers aufgehört hatte, nur in Unterhose, die muskelkaterigen Beine von sich gestreckt, auf einem Handtuch sitzend, über dem Schlusskapitel der Sonnenberg-Biographie. Alle Fenster standen dem grellen Mittag offen. In den Haaren an Stefans linker Brustwarze kitzelte ein Schweißtropfen. Widerwillig, ungefesselt hatte er sich durch das Buch gequält, aber das Ende verschlang er aufgewühlt:

Am Freitag, dem 22. November 1805 war die Sonne schon um 16 Uhr 21 untergegangen, die drückend milde Trübe hatte ein Gewitter provoziert, das in sturen, anhaltenden Regen übergegangen war. Angeblich hatte Franz von Sonnenberg sich als i-Tüpfelchen auf seiner verquasten Angespanntheit am Ende auch noch eine Typhusinfektion weggeholt. Als Freund Gruber, bei dem er schon seit zwölf Wochen die zwei Zimmer im Oberstock bewohnte, ihm gerade eine dritte Ladung Schlaftrunk eingenötigt hatte, grollte es draußen noch einmal, schon hinter Laasan und Wogau wahrscheinlich. Das Fenster war gequollen und klemmte, aber weil die Scheibe so regenüberströmt war, ließ Gruber davon ab, noch mehr an seinem Griff herumzurucken. Er schlich, unter Vermeidung der knarrenden Dielen lächerlich tänzelnd, aus dem Krankenzimmer. Gerade schlug die Wanduhr im Erdgeschoss neun. Seine Schritte waren noch auf den Treppenstufen zu hören, als Sonnenberg hauchte, er müsse unbedingt nochmal kurz zurückkommen; die Krankenwärterin, eine der pummeligen Nachbarstöchter, der man nicht ins Gesicht sehen konnte, ohne tief in ihre wie die Trichterblüten gewisser Wasserpflanzen aufgestülpten Nasenlöcher zu gucken, trampelte hinaus, um ihn zurückzurufen.

Und der Kranke, dem sein Nachthemd schweißnass an den Rippen und Schenkeln klebte, hatte sich hochgequält, war aus dem Bett gerollt, hatte am Fenstergriff gerissen, wurde vom Regen besprüht; das Fensterbrett reichte ihm kaum bis zur Hüfte, er hatte es umstandslos erklettern können und horstete, die knubbeligen, langen Zehen seiner beachtlich sehnigen, mit einem geschwollenen Venennetz überzogenen Füße um die Fensterschwelle gekrümmt, am *trübhinschattenden* Tümpel der Nacht; das Wasser sammelte sich in seinen blonden Augenbrauen, troff an der abgehärmten Sportlerphysiognomie herab, verlor sich in den Kotelettenlocken, im nicht vollends ausrasierten Kinngrübchen, und ein Tropfen schaukelte unter der Spitze von Sonnenbergs langrückiger Nase, der nicht sehr viel zu einer Adlernase fehlte. Die Arme hatte er zwischen den Knien seiner angewinkelten Beine aufgestützt, wollte vielleicht seufzen oder rufen, aber es kam nur ein heiseres Quaken, und als er schluckte, zogen sich seine Lippen froschmäulig in die Breite. Der Ablauf seiner Bewegungen gipfelte im Sprung aus der Hocke in die Mondlosigkeit, die seinen benachthemdeten Rücken im Nu verschluckte.

Sonnenberg sah nicht das matschige, kahlgerodete Gemüsebeet, kaum drei Meter unter sich und nicht den, mit vertrockneten Ranken behängten Staketenzaun, eine Reihe zugespitzter Spalthölzer, die ihm gleich in den Brustkorb dringen würden.

Was in seinem Sturz aufflackerte, war verklumpt mit den neunzehntausendsiebenhundertsiebenundfünfzig Hexametern, die ihn während der letzten Jahre gelebt hatten, an denen er bis vor kurzem rastlos nächtedurch gedichtet hatte, die Füße, um frisch zu bleiben, in einer Schüssel mit kaltem Wasser. Und da er sich störrisch der Wirklichkeit vorenthielt, denn weder hatte er sich auf handfest machbare Beziehungen einlassen, noch verwilderungswillig dem Skatol und Ammoniak auf den Nachtseiten der Vorstädte nachschnuppern mögen, war es ihm gelungen, sein Leben in den Wasserfarben einer aufgesetzten und abgestandenen Religiosität, verbrämt als Weltgericht und Weltuntergang, zu erschreiben.

Fiebrig hatte er auf dem Krankenbett mit Freund und Wärterin in Hexametern geredet, selbstquälerisch, immer wieder sich einer Verbesserung von Ausdruck und Rhythmus wegen unterbrechend. Luise, der Tochter von Herder, in die er, unentjünglingt bis zum Schluss, monatelang verliebt gewesen war, ohne sie überhaupt nur je gesehen zu haben, immer eine ideale ›Künftiggeliebte‹ im Sinn, die er nötig wähnte, um *ganz* zu werden und zu *steigen*, gehörten einige seiner letzten Gedanken. Das verkorkste, abgebrochene Studium, Wien, Paris und die schlammbespritzten, vollbärtigen Wandertage in der Schweiz blitzten auf als Schnappschüsse einer Wirklichkeit, die ihm meistens, wenn sie sich außerhalb seiner Phantasie etablieren wollte, zu sperrig vorgekommen war. Lida, seine erste Liebe, wurde Lied und halbvergoren ins Gedicht gegossen, nachdem er vor dem Einspruch ihres nieselpriemigen Vaters kleinbeigegeben hatte. Denn am Gedicht konnte er immerhin feilen, während das Leben bloß mit der Lektion *Vergessen-lernen* aufzuwarten schien und ihn dazu trieb, sich auf der Flucht vor dem Liebesabgrund lieber in den Prärien der Metaphysik zu verlaufen. Der Katholizismus, mit dem ihn seine münsteraner Eltern von klein auf gemästet hatten, hatte sich im Schlund flüchtigen Lerneifers mit halbverstandenem Kant verkantet; und was von Schelling bei ihm angeklungen war, half nicht, den Brocken zu schlucken. So hatte ihm Napoleon genügt, um eine Krise zu kriegen. Und als Franz Joseph Gall mit seiner Schädelformenpsychologie im Frühsommer durch Jena getourt war, hatte Sonnenberg, ohne sich lang zu besinnen, durch dessen dumpfe Lehre Gottheit und Unsterblichkeit zerschmettert gewähnt ... Aber hier endete die kurze Abwärtsbahn seines Fenstersprungs und der Tod hängte ihn über den Staketenzaun in Grubers Gemüsegarten.

Der Hausherr und das dicke Wärtermädchen fanden sich dem geläufigen Anblick eines leeren Bettzimmers mit offenen Fensterflügeln gegenüber. Der Wind schaffte es wahrscheinlich nicht, die hinter einem der Flügel verklemmte Gardine effektvoll aufzublähen, und der Dielenboden war vor dem Fenster mit Regentropfen übersät. »Und ausgerechnet heute in einer Woche«, könnte Johann Gottfried Gruber gedacht haben, »hab ich Geburtstag ... den einunddreißigsten, das geht ja noch ...«

Stefan hingegen stand in etwas mehr als einer Woche schon der zweiunddreißigste Geburtstag bevor. Immer war alles so scheinzerbrechlich gewesen in dieser Geschichte, und alles hat der Sonnenberg zu solcher, ihn persönlich anfechtender Bedeutungsfülle aufgebauscht. Hätte man nicht auf die Gewissheit einer solid gedankengeblasenen Käseglocke über sich verzichten und trotzdem weiterschreiben können? War damals die Welt zusammengebrochen? Und sind wir heute dran gewöhnt, unsere Krumen zwischen ihren Trümmern zu suchen?

Draußen roch es nach frischgemähtem Rasen. Auch im Schatten der Büsche und Hecken hielt sich die Wärme. Vor der Haustür stand ein Paar erdbepuderter, innerlich gedunkelter und feucht schimmernder Clogs. Stefan hatte Türenklappen und Schritte aus der Vermieterwohnung gehört. Er kam ungesehen durch den Garten. Auf dem Hagebuttenweg, unentschlossen, in welcher Richtung er seinen vorabendlichen Spaziergang unternehmen sollte, sich selbst lästig, rauchte er, an den Knöcheln vom Gras gekitzelt, eine Zigarette. Sein Muskelkater würde morgen noch markanter sein. Er kaute an elastischen Begriffen: Weltbild, Wertbild, Lebenstotalität, wie ernst ist das zu nehmen? Und soll ich nun Kant und Schelling studieren, um fundierter nicht zu verstehen, was Sonnenberg auch nicht verstand?

Spazierengehen bringt heute nichts. Er schloss die Haustür so leise wie gewohnt und mischte den Reisrest, der am Topfboden klebte, mit Indischen Pickels. Beim Essen, die Pickelbüchse vor sich, rot – *ACHAR PACHRANGA* –, grün, gelb, vielsprachig beschriftet und mit den Portraits eines Turbanträgers und – *A Symbol of Quality* – eines Mafioso versehen, fiel ihm – EINGELEGTE FRUECHTE IN GEMUESE UND OEL – ein, sie müsse ja nicht gleich Stalkerin werden. Sie muss mir auch nicht regelrecht unheimlich sein. – *Zutaten: Mangoscheiben* – Ein komisches Gefühl ist in jedem Fall lästig –, *Zitrone, Limone, Gruene Chili* –, weil man nicht weiß, ob man ihm trauen muss, oder ob es ein Kind der Angst ist, das sich plötzlich bremsend an meiner Wade festkrallt. –, *Lotusstengel* – Nach jedem Treffen mit ihr –, *Dehlafruchtkapsel* – ist zum Beispiel mein erster Gedanke: Es wäre eine Katastrophe –, *Ingwer, Carissa Car* –, wenn der Vorsatz, mit dem Betrüblichsten zu rechnen verblasste. Aber sie hält ihn lebendig. Und der zweite Gedanke ist: Vielleicht wird sogar noch eine haltbare Angelegenheit aus dem wonnig-vagen Schwank. Würdest du das aber wollen? Dämmern da nicht wieder die Spitzengardinen, Babys, gusseiserne Badewannen und gedeckte Abendbrottische? Plötzlich enthebt sie mich dieser Befürchtungen, indem sie sich von mir trennt, weil sie findet, ich entspräche ihren Anforderungen nicht, ich füge mich nicht ein in die Gruppe ihrer dusseligen Freunde und vertrete Ansichten, von denen sie sich nicht dauerhaft umgeben wissen möchte. Außerdem sei ich zu sanft und wisse ihr keine Grenzen zu setzen. Ja, das geht. Und wie viel leichter dann die Rolle des Verlassenen zu tragen ist, als die der Verlasserin ...

Er lässt den leeren Topf im Ausguss mit Wasser volllaufen und ...

... Ich habe alles gesagt, mein Part ist leicht: Ich, kann ich behaupten, hätte es versucht. Sie ist die Verwirrte, die Perfektheitsansprüchen hinterherhechtet, mit denen sie ihre

Gefühle triezt. Aber dann, zwei Wochen später, ruft sie an, will mich sehen, und es beginnt alles von vorn. Glucksend triumphiert ihr Gesicht mit wehenden Haaren auf dem Fahrrad neben mir in der Abendluft, nach unserer Aussprache im Park. Wir wiederholen den letzten Akt mit vertauschten Rollen: Jetzt muss ich mich von ihr trennen ...

Die braunen Badezimmerfliesen setzten das Licht in Klammern, das sich durch den Türspalt in einer honigfarbenen Bahn auf den Flur legte, wo die Fensterluke der Dämmerung offen stand. Singen die Vögel schon lustloser, nun, da der Sommer seinen Zenit überschritten hat und abwärts rodelt, herbst- und winterwärts?

Stefan hängte seine verschwitzte Unterhose über den Rand des Wäschekorbs und stieg in die Beinlöcher einer frischen. Und mit der Zahnbürste schrubbte er den Takt zum Trennungsakt, für den zunächst ein Flussufer im Nieselregen als Hintergrund herhalten sollte, dann ein frostiger Garagenhof, auf dem der Spaziergang ins Stocken käme, zu dem man ernst, bedrückt, das Gesicht abwendend unter dem Vorwand, sich im Nacken kratzen zu müssen, aufgebrochen wäre ...

Endlich wird es ein umgekippter Strohballen. Man besteht darauf, ihn zu erklettern, weil man sich für die Dauer des spielerischen Kraxelns auf das rundgepresste Plateau ein Nachlassen des Magenkrampfes verspricht.

Dort, Schulter an Schulter, kaum gewärmt von jener Persiflage auf Sonnenstrahlen, die der Papageienmonat dem Sommer nachplappert, redet man Stuss, der hinausläuft auf ein ungeheuerliches: »Von allen Menschen, die es gibt, gehörst du zu denen, die ich nicht in meiner Nähe haben kann. Ich muss dich entfernen.«

Eine Träne blitzt auf ihrem Daumennagel.

Trennung ist katastrophal. Man verwirft eine Version seines Lebenslaufes. Man tritt aus dem Drama heraus, in dem man bis eben eifrig mitgespielt hat und maßt sich die Rolle des Regisseurs an, der sagt »So funktioniert es nicht; ich muss die Geschichte umschreiben«.

Unweigerlich denkt man an den Fuchs, der auf ein Tellereisen getreten ist und sich in schmerzvoller Nachtarbeit die eingeklemmte Pfote abbeißt. Der Verlust ist gigantisch. Man entkommt gezeichnet. Man muss sich klar ausdrücken, darf nicht gestehen, dass man noch etwas fühlt, wahrscheinlich darf man in diesem Augenblick nicht wahrhaftig sein, um über den Augenblick hinaus wahrhaftig sein zu können. Die Amputation ist ja beschlossen, seit man sich in der Falle fühlte. Man muss sich zusammenreißen. Wenn das ganze Theater der letzten Wochen nur dem Wunsch nach Verwandlung und Erlösung entsprossen ist und wenn es mir nicht entspricht, auf ein umstürzlerisches Wunder zu warten, dann muss ich einen Weg finden, aufzugeben und endlich die Maske eines brautschaulustigen Stefan Schliefenbeck ohne Reue und Grübelei wieder absetzen.

Draußen war es kaum weniger stickig als im Zimmer. Durch die Fliegengaze erspähte Stefan ein abgeschminktes Weltall, das seine Blöße nur notdürftig hinter einem cirrostratischen Schleier verbarg. Das dünne Laken, mit dem er sich zudeckte, vermittelte unzureichende Geborgenheit. Und wenn er sich wälzte, folgte der anschmiegsame Stoff seinen Bewegungen und verwurstete. Sein rechtes, gegen das Kissen gepresstes Ohr brannte, auf dem Rücken liegend fühlte er sich wehrlos wie eine Leiche, und auf der linken Seite drängte sich der

Herzschlag ins Licht der Bühnenmitte, wo er, anstatt mit der Regelmäßigkeit seines Metrums zu beruhigen, nur den Verdacht beschwor, er könne jeden Moment aussetzen. Neben der Bühne war es schwarz. Aber als sich Stefan zwischen all den herumstehenden Möbeln entlangtastet, sieht er Helligkeit in den Fugen einer Brettertür und folgt einem Weg durch wogendes, silbernes Gras, gekleidet in eine römische Tunika, unter tief kobaltblauem Himmel. Erhöht, am Ende eines Seitenpfades steht ein kleiner Tempel. Nur ein Gebüsch daneben ist, wie auf einer handkolorierten Fotografie, grün eingefärbt. Der Tempel gehört meinem Vater. Sie dient dort als Hierodulin. »Wie gut«, denke ich, »wie einfach sich plötzlich alles löst«. Nur der Eindruck ihres, eine Pobacke und eine halbe Brust entblößenden Tuchgewandes ist mir vor Augen, als sie sich von mir abwendet und zwischen den Säulen der Vorhalle verschwindet. »Sie ist eine *Tempelprostituierte* ... Ich kann zu ihr gehen, wann immer ich will!« Mein Vater hat angekündigt, er würde mir den Tempel schenken. »Wenn er ihn mir schenkt, dann hoffentlich mit seinem Inhalt«, bange ich, »dann bricht ein richtiges Leben an, dann ist dies alles meins, mein Park mit ihr darin, und dann gehört sie mir!«

Doch neben dem grüngefärbten Gebüsch sind Stufen, die Stefan hinabsteigt. Auf den mehrstöckig getreppten Abstellflächen in einer sonnigen Speisekammer trocknen Muschelschalen, die eine ganz mit Mehl bestäubte Andrea aus Teig formt. »Nicht anfassen!«, mahnt sie, »raus hier!« Unter den Pulsschlägen roter Beleuchtung füllt sich ein Saal. Im Treppenhaus drücke ich mich an die rohe Mauer; der Menschenstrom schleudert Manuel neben mich. Abgehetzt presst er sein Gesicht in den Winkel zwischen meinem Kopf und der Wand und flüstert mir ins Ohr, »Weißt du, ich würde ja auch wieder eine Freundin haben wollen, wenn ich nicht so unbändige, fürchterliche Angst hätte, dass ich ins Bett machen könnte, sowie ich nicht allein drin schliefe!«

»Ach was, nein, das passiert doch nicht!«

»Aber doch! Wer weiß? Das wäre der Gipfel aller Peinlichkeit, und gleich«, hechelt er panisch, »wird hier eine Bombe hochgehen, *sie*, $S^{piridona}$« – er nuschelt so, ich – »$T^{ukadinovic}$« – verstehe nicht richtig – »hat die Bombe gelegt ... Terroristin ist sie ... ist nicht ihr Kittel ... Du weißt schon: Sie ist Carissa Carandas ... Jetzt hat es ein Ende. Unternimm was, Stefan, reiß aus dem Kiel diesen Nagel, der unsere Fahrt bremst!«

Über dieses Bild, den Nagel im Kiel, der ausreichen soll, um unsere Fahrt zu bremsen, runzele ich die Stirn. Es irritierte Stefan, beinah wäre er aufgewacht. Umdunkelt, im Fensterrahmen schwamm ... es ... Was da auch schwimmen mag, es wird überlagert vom Treppenhaus, der Ziegelmauer, und von Manuel, der sagt, »... noch einen letzten Versuch!«

»Aber sie war so offensichtlich abweisend beim letzten Mal!«

»Sie hat gemerkt, dass du sie durchschaust. Sie will dich treffen, glaubt aber, du wolltest nicht. Außerdem ist sie selber schüchtern. Bei eurer letzten Begegnung hat sie die Hoffnung aufgegeben, dass du sie je ansprechen wirst.«

Am Frühstückstisch, auf dem Tomaten und Wurst zwischen die leeren Bierflaschen vom Vorabend geschoben wurden, spiegelt eine Thermoskanne als Selbstverständlichkeit an die Seite meines eigenen, langgezogenen Gesichts das ihre. Auf den übrigen Stühlen fläzen sich verkaterte Gäste, die über Nacht geblieben sind. Wir sitzen in einer hohen Küchennische. Die Wände sind angegraut. Und die Girlanden liegen zerrissen, ineinanderverschlungen auf den Dielen im Flur unserer gemeinsamen Wohnung. Einer der Gäste erzählt eine Anekdote vom Vorabend, der ich nicht folgen kann, zu der sie aber höflich kichert. Auf ihrem roten Schlafanzugoberteil stehen neben ihrem Namensschild *Fr. S. T\*\*\*\*\** in Weiß die zugehörigen Vokale: i, o und u, die man wahlweise einsetzen kann. Aber es sind zu wenige. Das gefällt mir nicht. Sie lächelt mir zu und nickt und zwinkert, aber so, als hätte sie etwas im Auge. Alle Zigarettenschachteln sind leer. Weil ich heiser bin, fällt es mir schwer, die Gäste um eine Zigarette zu bitten; sie drehen sich auch immer weg, wenn ich mich an sie wenden will. Schon als ich aufstehe, um schnell zum Kiosk hinunterzulaufen, legt sich eine Straße, ein Platz und Zweige einer Baumkrone über das, ausgehend von *ihrem* ruckartigen Nicken und Blinzeln immer mehr verwackelnde Bild. Vielleicht ist es angezeigt, sich vorzugaukeln, es werde da an einer Plakatwand eine Landkarte festgebürstet, anhand der ich meine Flucht planen kann, um eine Rückkehr vom Zigarettenkauf dauerhaft zu vermeiden. Die Bahnhofsfassade schillert bläulichgelb wie ein Trompetenstoß, von dem Stefan aus seinem fahrigen Seichtschlaf geschreckt wurde.

Der Morgen, seine zwitschernden Lichtbalken, die Klinke der Küchentür und die Zweige vor dem Fenster waren gekrümmt unter der Last kollabierter Träume. Ihrem Ereignishorizont konnte man sich kaum entziehen. Im Kaffee schwammen die Krümel eingetunkter Kekse.

Stefan mochte seine Sandalen nicht, und doch waren es Sandalensohlen, die sich auf dem Treppenabsatz bogen. In seiner Umhängetasche trug er zwei Fahrradschlösser und eine Liste mit Ziffern, die Passagen des *Donatoa* Franz von Sonnenbergs bezeichneten, mit denen sich auseinanderzusetzen ihm an einem weniger gravitativen Morgen eventuell besonders dringlich erschienen wäre. Sein rechtes Hosenbein hatte er bis über die Wade hochgekrempelt und schob sein im Freilauf neben ihm herklickerndes Fahrrad durch den Garten. Natürlich zuckte bei der Garageneinfahrt unterm Jasmin eine grazile Nacktschnecke mit ihrem Fühlerauge. Aus einer Birkenkrone fiel ein erstes, sonnengedörrtes Blatt und versprach, dass weitere ihm folgen würden. Als es, ein erster gelber Punkt in der Vorstudie zum kommenden Herbst, auf dem Hagebuttenweg landete, hatte Stefan schon sein Rad bestiegen.

Der See, glatt, stellte alles, was an Pappeln und Eichen in Reichweite war, auf den Kopf. Im Vorgarten des letzten, straßennächsten Neubaus war mit dem Verlegen von Gehwegplatten begonnen worden. Eine Ziege hob kauend den Kopf.

Stefans Rennrad blieb zweifach festgekettet unterm Dach des Fahrradständers zurück. Die zebrafarbene Bahnhofsuhr zeige 10 Uhr 17, und das Signalmännchen, das im runden rotgerahmten Schild vor Jägerzaunrauten hing, erwies sich als ein Gekreuzigter im Flammenkranz. Erst nur schabend, dann kurz aufschreiend bremste der Zug.
Der Appetit auf Eiscreme hatte eine Warteschlange über den

Platz gereiht, die Stefan, als er blinzelnd aus dem mittleren Portal des Hauptbahnhofs getreten war, mit einem entschuldigenden Augenaufschlag durchbrechen musste. Nichts, nicht einmal Unheil nahte aus dem Gewimmel. Ein Mann, der die Mülleimer leerte, war mit einem Schweißperlenreif gekrönt.

»Du kannst ja machen, was du willst!« schwätzte eine schulterfreie Frau ihrer Begleiterin zu, die erwiderte: »Das ist doch immer so, erst muss er nein sagen!«

Wenn Stefan, inspiriert von diesen vorüberstöckelnden Stimmen dachte, stimmt, man sagt erstmal nein, weil man an einem funktionierenden System nicht herumbessern soll, denn man bezieht Geborgenheit daher, alles schlecht und recht bewährte so bleiben zu lassen wie es ist, dann bedürfte es nur einer Stadtbahn der Linie 2, die nicht zum Steintor führe, wo er, um zur Bibliothek zu gelangen, umsteigen müsste in die 5, sondern in die Gegenrichtung. Da kam sie, unter den Platanen hervor kroch eine Bahn auf den Platz. Eine Bahn der Linie 2, die nach *Thedingen* fahren würde.

Nun machte er mit seiner Umhängetasche, das rechte Hosenbein immer noch hochgekrempelt, einige zögerliche Schritte; dann lief er zielstrebig auf die Türöffnung der Stadtbahn zu. Auf seinem Fenstersitz konnte er sich einreden, er könne schließlich tun, was er wolle. Einfach nur so, aus Lust, denn jetzt bedeutete es schließlich nichts mehr.

Verstohlen, als würde er die S. T., die er an dem Küchentisch in seinem Traum zurückgelassen hat, mit dem Phantom aus Fleisch und Blut und Knochen betrügen wollen, das dort hinter der Hausecke in einem Bioladen kassierte, bog er an der kantigen Sparkassenfiliale in die Gernotstraße ein.

Zwischen parkenden Autos ragten die mickrigen Jungbäume in den aufgeheizten Dauerschatten. Da vorne im Licht war das Modegeschäft ahnbar, links an der Mündung auf den Platz.

Hörte er – man weiß es nicht, es bleibt ein blinder Fleck – einen Trommelwirbel? Erwartete er an den Fenstern aller Stockwerke zickige, ablehnende, herzliche, schwangere, kranke, sterbende, gläubige, verächtliche Kassiererinnen zu sehen, die ihm zuwinkten, ermutigend, oder in der eifersüchtigen Absicht ihn zurückzuhalten?

Witterte er, dass unter all diesen *S. T\*\*\*\*\*s* die am wenigsten wirkliche und ihm unbekannteste fehlte, die zweihundertundfünfzig Schritte entfernt an einem Kassentisch stand, mit zauseligem Haar, und am Freitag vor zwei Wochen abweisend gewesen war?

Seine Schritte, die sich auf dem Bahnhofsvorplatz verzielstrebigt hatten, wurden langsamer. Er wandte seinen Blick von der Helligkeit am Straßenende ab und einem in grünes Netz gehüllten Baugerüst zu.

Hey, Stefan, bleib stehen. Bist nicht am Ende du selbst grade auf dem besten Wege, zum Stalker zu werden? Müsste man das Problem, wenn wir es denn schon ein Problem nennen wollen, nicht anders angehen? Probier doch jetzt lieber mal was anderes. Fahr doch lieber zum Beispiel – weit weg; such eine Wüste auf, lern China kennen, die Mandschurei und Sachalin, setz dich allein in eine Kneipe in Uganda, oder geh zu Fuß und ohne Geld von hier nach Brzegi Górne oder meinethalben nach Pepinster. Meinst du nicht, das könnte dir in mancher Hinsicht auf die Sprünge helfen? Was willst du hier noch? Er hörte nicht.

Aber ein klares Lächeln stieg ihm ins Gesicht.

Er sah zu den Dachrinnen hinauf. Der Tag, heiß, lud eher als zu Bibliotheksbesuchen oder Aufenthalten in Lebensmittelgeschäften zum Baden ein.

Dann drehte er um. Sein Gang, als er zur Haltestelle zurückstrebte, hatte etwas jubilierendes.

Auf der Rolltreppe im Bahnhof bemerkte er sein hochgekrempeltes Hosenbein und entrollte es schnell, eh die Stufen sich oben nivellierten. Er ging den Bahnsteig entlang bis zum Raucherbereich.

»Was für ein schafsgesichtiger, weichlicher junger Mann!«, urteilte manch einer vielleicht, als Stefan sich unbeholfen dem Aschenbecher näherte, die Zigarettenpackung in seine Tasche zurücksteckte, Rauch ausblies und plötzlich eine Frau musterte, die da drüben stand, im Rock, in Sandaletten, nacktarmig, im Haar ein buntes Tuch. War das nicht *sie*? Konnte er jetzt nicht zu ihr gehen, hier, auf diesem neutralen Boden, »Hallo« sagen und abwarten, ob sie ihn erkennen würde? Nein, das konnte er nicht, denn die junge Frau dort war nicht sie.

Es roch nach warmem Asphalt, und ein kleines, dunkelhaariges Mädchen prellte eifrig seinen Ball, bis er in einem unerwarteten Winkel wegsprang und auf die Bahnsteigkante zu hüpfte. Ein älterer Mann stoppte ihn, gab ihn zurück, hob einen Warnfinger, die Kleine nickte. Dann nahm er seinen Sommerhut ab und fächelte sich Luft damit zu. Eine jugendliche Mutter hielt sich ein Fläschchen an die Wange, nach dem ihr Säugling schon ein Händchen ausstreckte.

In der Windstille war Stefan vom Zigarettenrauch wie von Aufbrüchen umflort. Die Erwartungen an den Rest dieses Sommers würde man aber nicht zu hoch schrauben dürfen.

## In eigener Sache
# Bücher haben **einen** Preis!
### Unabhängig & die Zukunft

Wir als unabhängiger Verlag wollen mit unserem Programm die vorherrschenden, ewiggleichen und algorithmengesteuerten Pfade der Buchlandschaft mit aller Kraft, allem Enthusiasmus und mit Deiner Unterstützung verlassen. Hierbei setzen wir auf engagierte AutorInnen, unabhängige Buchhandlungen und mündige, neugierige LeserInnen.

Gerade die Garanten der Vielfalt – unabhängige Buchhandlungen und unabhängige Verlage – kämpfen derzeit um eben diese Vielfalt. Dabei stets zu Schutz und Trutz an unserer Seite: die Buchpreisbindung. Für Dich als LeserIn – und damit AkteurIn innerhalb einer einzigartigen Kulturlandschaft – macht das die Sache einfach. Egal ob online oder im Laden, egal ob große Kette oder unabhängige Buchhandlung:

**Überall gilt derselbe Preis für das Buch Deiner Wahl!**

Und sollte Deine Buchhandlung um die Ecke unverzeihlicherweise einmal einen Titel aus unserem Programm oder ein anderes Buch nicht vorrätig haben, dann ist es in der Regel über Nacht lieferbar und liegt am nächsten Tag zur Abholung für Dich bereit – ganz ohne Prime-Gebühren oder munteres Paketesuchen in der Nachbarschaft. Kauf lokal! Denn unabhängige VerlegerInnen brauchen unabhängige BuchhändlerInnen.

**Mehr Infos unter**
www.duotincta.de/kulturgut-buch

Moritz Hildt
## Alles
268 Seiten, Paperback

**Ein kleines Café an der Ostsee.** Eine Insel, die zwar genau genommen keine ist, auf der Lukas Seeger aber mehr als zufrieden ist mit seinem ruhigen, gleichförmigen Leben. Als der totgeglaubte erste Ehemann seiner Frau aus heiterem Himmel im Café auftaucht, nehmen Ereignisse ihren Lauf, die Lukas zwingen, sich auf eine Reise zu begeben, zunächst in die Sümpfe im tiefen Süden der USA und dann in die Wildnis der roten Wüste von Utah.

Nach seinem atmosphärischen Debüt „Nach der Parade" erzählt Hildt eine ebenso fesselnde wie erschütternde Geschichte darüber, wie gut man die Menschen, die einem besonders nahe sind, überhaupt kennen kann – und welches Maß an Wahrheit nötig ist, welches gut, und welches gefährlich.

*Moritz Hildt, der schon in seinem Erstling Nach der Parade die Handlung in den Süden der USA verlegt hat, ist ein überzeugter Südstaaten-Fan, der die Luft der Südstaaten auf dem Papier ausatmet und in faszinierende Landschaftsgemälde umwandelt.*
Astrid Braun, Stuttgarter Schriftstellerhaus

**100% Literatur**
www.duotincta.de

Michael Kanofsky
## Engel im Schatten des Flakturms
266 Seiten, Paperback

**Ein Kaffeehaus in Wien.** Der namenlose Ich-Erzähler, Schriftsteller und „Abenteurer in eigener Sache", wartet auf seinen Nachtzug nach Berlin. In der dort von seinem verstorbenen Freund und Mentor Stidmann geerbten Wohnung will er nur eines: Schreiben. Dieses Vorhaben wird allerdings gehemmt durch den Nachlass des Literaturwissenschaftlers Stidmann. Darunter finden sich drei Briefe von drei Frauen, die den Erben in ihren Bann ziehen. Er begibt sich auf Spurensuche um die halbe Welt, gerät dabei in kuriose Abenteuer und begegnet Menschen, wie sie sonst nur in Romanen vorkommen. Und immer wieder geht es um „Fragen der Produktivität": Wird es dem Schriftsteller gelingen, sein Werk zu vollenden?

**100% Literatur**
www.duotincta.de

David Misch
## Schatten über den Brettern
298 Seiten, Paperback

**Ein Theaterspieler in Zeiten zunehmender Repression.** Er ist hin- und hergerissen zwischen gesellschaftlichen Anforderungen und dem Streben nach Selbstverwirklichung. Seine Figuren und Rollen, die er nicht spielen muss, weil sie in ihm zur Realität geworden sind, bedeuten ihm alles. Eine Kulturverordnung droht sie ihm zu nehmen und der Kampf gegen die neue Autorität im Lande stellt Beziehungen und eigenes Ich mehr denn je in Frage.

In seinem ersten Roman beschwört David Misch eine abgrundtief böse Macht herauf, die aus der Mitte einer Gesellschaft entsteht, in der Reflexionsvermögen und mahnende Erinnerungen schwinden. Eine konkrete Dystopie: Prinzip Warnung.

*David Misch, 1985 in Wien geboren, legt mit seinem Erstlingsroman, erschienen im jungen Berliner Verlag »duotincta«, nicht bloß einen politischen Schlüsselroman vor, der sich sehen lassen kann, er stellt darin vor allem auch die Frage nach Macht, Ohnmacht und Verantwortung, nach dem Bösen, diesem Schatten, in jedem von uns.*
Dr. Marlen Schachinger, Die Presse

**100% Literatur**
www.duotincta.de

Birgit Rabisch
# Die Schwarze Rosa
264 Seiten, Paperback

**Die Schwarze Reichswehr** – illegale Truppen, offiziell geleugnet, aber während der Weimarer Republik heimlich von Teilen der Reichswehr und der Regierung unterstützt.
1923 planen die paramilitärischen Einheiten dann den Marsch auf Berlin. Im Zentrum der Ereignisse findet sich Rosa wieder, deren Verlobter Paul Schulz Organisator der Schwarzen Reichswehr ist und ihren Bruder Erich tief in deren Machenschaften verwickelt.
Wie konnte es dazu kommen? Rabisch schildert einfühlsam, wie aus der lernbegierigen Tochter einer armen Weberfamilie eine junge Frau wird, die den nationalistischen Welterklärungen ihres Verlobten verfällt und die Taten ihres Bruders rechtfertigt. Ein Roman, der zu einer persönlichen Aufarbeitung wurde, denn die Schwarze Rosa war Birgit Rabischs Großmutter, von deren Vergangenheit sie erst nach deren Ableben erfuhr: „Mein familiärer Abgrund liegt im Vorher, in der vermeintlich harmlosen Zeit der Weimarer Republik. Aus diesem Vorher ist das monströse Nachher erwachsen."

*Rabisch zeigt, dass der Nationalsozialismus nicht als brauner Spuk vom Himmel fiel, sondern seine Wurzeln in der Weimarer Republik hatte.*
Frankfurter Neue Presse

**100% Literatur**
www.duotincta.de

Lutz Flörke
# Das Ilona-Projekt
250 Seiten, Paperback

**Wer aus sich eine Hauptperson machen will**, muss sein Leben als Geschichte erzählen. Da sitzt er nun in Taormina, auf der Terrasse einer Bar hoch über dem Mittelmeer und träumt davon, endlich die Hauptperson des eigenen Lebens zu sein. Reisen, Lieben und Erzählen führen ins Offene. Im Prinzip. Aber wenn einen die eigene Schwester auf eine Bildungsreise nach Sizilien geschickt hat ... eher nicht. Goethe war auch schon da! – Na und?
Da bittet ein wildfremder Mann vom Nachbartisch, eine gewisse Ilona zur Insel Samos zu begleiten. Ist das ein Witz? Ein Spiel der Götter? Jedenfalls eine Chance, den Plänen seiner Schwester zu entkommen. Er beginnt seine eigene Liebes-, Abenteuer- und Reisegeschichte: das Ilona-Projekt.

Lutz Flörke legt in seinem vielschichtigen Debüt einen Roman über die zeitgenössische Sehnsucht nach einem Leben als Hauptperson und den Hunger nach Geschichten vor. Skurril und von grotesker Komik.

**100% Literatur**
www.duotincta.de